CLASSIQUES & CiE

Le détour

ANTHOLOGIE

Hélène Sabbah
agrégée de lettres classiques

HATIER

6 Avant-propos
7 Épreuves • Programme
10 Présentation du thème : Le détour

CHAPITRE I
DÉFINITIONS
13 Problématique

TEXTES
15 **1.** Dictionnaire *Grand Robert* (1985), article « Détour »
18 **2.** Dictionnaire *Grand Robert*, (1985), article « Digression »
19 **3.** Les mots-clés du « détour », BO de l'Éducation nationale (2008)

IMAGES
20 **4.** M. C. Escher, *Relativité* (1953)
21 **5.** R. Serra, *The Matter of Time* (2005) (→ p. I)

CHAPITRE II
CHEMINS DETOURNÉS ET PARCOURS INITIATIQUES
23 Problématique

TEXTES
25 **1.** Homère, l'*Odyssée* (VIIIe siècle av. J.-C)
27 **2.** Ovide, *Les Métamorphoses* (1 ap. J.-C.)
29 **3.** C. Perrault, *Contes* (1697), « Le Petit Chaperon rouge »
32 **4.** Voltaire, *Candide ou l'Optimisme* (1759)
35 **5.** B. Cendrars, *La Prose du Transsibérien et de la petite Jehanne de France* (1947)
38 **6.** J. L. Borges, *L'Aleph* (1962), « L'Immortel »
40 **7.** J. Chevalier et A. Gheerbrant, *Dictionnaire des symboles* (1969-1982)
43 **8.** Y. Bonnefoy, *La Vie errante* (1993)

IMAGES
46 **9.** Carte : les voyages d'Ulysse
47 **10.** Maître des Cassoni Campana, *Thésée et le Minotaure* (1510-1520) (→ p. II)
48 **11.** Carte : l'itinéraire de Candide

Conception graphique de la maquette :
c-album, Jean-Baptiste Taisne, Rachel Pfleger
Principe de couverture : Double
Mise en pages : Graphismes
Iconographie : Hatier Illustration
Suivi éditorial : Evelyne Brossier

© Hatier Paris, 2008
ISBN 978-2-218-93231-1

CHAPITRE III

DÉTOURS DU LANGAGE ET DE LA PENSÉE

53 Problématique

TEXTES

- 55 **1.** Platon, *Criton* (vers 387 av. J.-C.)
- 58 **2.** M. de Montaigne, *Essais* (1588-1595)
- 60 **3.** A. Baudeau de Somaize, *Grand Dictionnaire des Précieuses* (1660)
- 61 **4.** N. Boileau, *Épîtres* (1669)
- 63 **5.** Fontenelle, *Histoire des oracles* (1687)
- 65 **6.** J. de La Bruyère, *Les Caractères* (1688)
- 67 **7.** J. de La Fontaine, *Fables* (1693), « Le Pouvoir des fables »
- 69 **8.** Montesquieu, *Lettres persanes* (1721)
- 72 **9.** M. Robert, *Livre de lectures* (1977)
- 74 **10.** M. Chosson, *Parlez-vous la langue de bois ?* (2007)

IMAGE

78 **11.** Plantu, dessin extrait de *Wolfgang, tu feras informatique !* (1998)

CHAPITRE IV

DÉTOURS ET SENTIMENTS

81 Problématique

TEXTES

- 83 **1.** M. de Scudéry, *Clélie* (1654-1660)
- 85 **2.** Molière, *Les Femmes savantes* (1672)
- 88 **3.** J. Racine, *Phèdre* (1677)
- 91 **4.** P. de Marivaux, *La Surprise de l'amour* (1722)
- 94 **5.** Stendhal, *De l'amour* (1820)
- 97 **6.** A. de Musset, *On ne badine pas avec l'amour* (1834)
- 98 **7.** E. Rostand, *Cyrano de Bergerac* (1897)
- 103 **8.** M. Kundera, *La Lenteur* (1995)

IMAGES

- 106 **9.** La *Carte de Tendre* (1654-1661) (→ p. III)
- 107 **10.** A. Watteau, *Le Faux Pas* (XVIIIe siècle), (→ p. IV)

CHAPITRE V

BIENFAITS DE L'ERRANCE ET DE LA LENTEUR

111 Problématique

TEXTES

- 113 **1.** J.-J. Rousseau, *Les Rêveries du promeneur solitaire* (1776-1778)
- 116 **2.** V. Segalen, *L'Équipée* (1929)
- 118 **3.** J. Lacarrière, *Chemin faisant* (1977)

121 **4.** B. Chatwin, *Anatomie de l'errance* (1996)

123 **5.** C. Bertho-Lavenir, *Les Cahiers de médiologie* (1998), « L'échappée belle »

126 **6.** C. Honoré, entretien à *L'Expressmag* (15-09-2005)

129 **7.** B. Askenazi, « Le tourisme se met au vert » (2008)

■ **IMAGES**

132 **8.** Affiche du film de M. Poirier, *Western* (1997) (→ p. V)

133 **9.** Page publicitaire du catalogue pour les voyages Allibert (2008) (→ p. VI)

CHAPITRE VI

LES DANGERS DU RACCOURCI

137 Problématique

■ **TEXTES**

139 **1.** A. de Vigny, *Poèmes philosophiques* (1844), « La Maison du Berger »

140 **2.** R. Huyghe, *Dialogue avec le visible* (1955)

144 **3.** M. Serres, *Le Contrat naturel* (1990)

146 **4.** D. Wolton, *Internet et après ?* (2000)

149 **5.** N. Aubert, *Modernité, la nouvelle carte du temps* (2003)

153 **6.** J.-C. Guillebaud, *Les Cahiers français* (juin 2007)

155 **7.** É. Vigne, *Le Livre et l'éditeur* (2008)

■ **IMAGES**

158 **8.** Affiche contre le passage du TGV (1990) (→ p. VII)

159 **9.** L. Schwartzberg, vue aérienne d'un échangeur autoroutier à Vancouver (Canada)

CHAPITRE VII

DÉTOURS, SCIENCES ET ENSEIGNEMENT

163 Problématique

■ **TEXTES**

165 **1.** C. Bernard, *Introduction à l'étude de la médecine expérimentale* (1865)

166 **2.** S. J. Gould, *Darwin et les grandes énigmes de la vie* (1977)

170 **3.** F. Aulas, J.-P. Vacher, *Le Doigt dans l'œil, petite anthologie des erreurs scientifiques* (1993)

175 **4.** P. Léna, *Universalia* (1994)

178 **5.** A. de Peretti, F. Muller, *Contes et fables pour l'enseignement moderne* (2006)

181 **6.** J.-P. Astolfi, *L'Erreur, un outil pour enseigner* (2006)

■ **IMAGE**

183 **7.** Schéma : Dolly, la copie génétique d'une brebis adulte (→ p. VII)

CHAPITRE VIII
DÉTOURS ET STRATÉGIES

187 Problématique

TEXTES

189 **1.** Xénophon, *L'Hipparque ou le Commandant de cavalerie* (365 av. J.-C.)

191 **2.** D. Diderot, *Jacques le fataliste et son maître* (1771-1776)

194 **3.** P. Choderlos de Laclos, *Les Liaisons dangereuses* (1782)

197 **4.** R. Caillois, *Des jeux et des Hommes* (1967)

199 **5.** A. Jacquard, *Abécédaire de l'ambiguïté* (1989)

201 **6.** E. N. Luttwak, *Le Paradoxe de la stratégie* (1989)

203 **7.** G. Chaliand, *Anthologie mondiale de la stratégie* (1990)

IMAGES

206 **8.** Carte : le débarquement des Alliés en Normandie, le 6 juin 1944

207 **9.** Affiche : *Si j'étais séropositive ?* Campagne réalisée par l'association AIDES (2006-2007) (→ p. VIII)

Pour analyser le document : après chaque document
Thèmes de réflexion, d'exposé ou de débat

POUR L'EXAMEN : ***Vers la synthèse*** • ***Vers l'écriture personnelle :***
à la fin des chapitres II à VIII.

FICHES

210 **1.** Déterminer qui parle dans un document textuel

212 **2.** Identifier le genre d'un document textuel

214 **3.** Les différentes formes de discours

216 **4.** Identifier un registre

218 **5.** Analyser un texte de fiction

220 **6.** Analyser un texte d'idées

222 **7.** Analyser une image

AVANT-PROPOS

L'épreuve de culture générale et expression au BTS, en seconde année de STS, prend appui sur **deux thèmes** imposés, qui changent tous les deux ans.

L'anthologie intitulée *Le Détour* regroupe des documents écrits et des documents iconographiques correspondant au thème des années 2008-2009 et 2009-2010. Ce recueil comporte des **extraits littéraires**, des documents tirés d'**essais sociologiques**, des documents de **presse**. Les **images**, dont la plus grande partie est rassemblée dans un **encart couleur**, sont des reproductions de **tableaux**, des **photos**, des **dessins** de presse, des affiches **publicitaires**.

L'ouvrage comporte **huit chapitres**, chacun commençant par une **introduction**. I : **Définitions** ; II : **Chemins détournés et parcours initiatiques** ; III : **Détours du langage et de la pensée** ; IV : **Détours et sentiments** ; V : **Bienfaits de l'errance et de la lenteur** ; VI : **Les dangers du raccourci** ; VII : **Détours, sciences et enseignement** ; VIII : **Détours et stratégies**.

Chaque document est précédé d'un **chapeau** qui le situe, et suivi de notes et de **questions**. Des thèmes de **réflexion**, d'exposé ou de débat élargissent l'étude.

Chaque fin de chapitre propose, sous le titre « **Pour l'examen** », une rubrique « **Vers la synthèse** » et des sujets d'« **Écriture personnelle** ». L'ensemble est complété par des « Fiches méthodes » en fin d'ouvrage.

HÉLÈNE SABBAH

ÉPREUVES • PROGRAMME
CULTURE ET EXPRESSION EN STS

Les précisions qui suivent, et qui concernent les épreuves du BTS en **culture générale et expression,** sont extraites du *Bulletin officiel* n° 47 du 21 décembre 2006. Le *Bulletin officiel* n° 10 du 6 mars 2008 indique le nouveau thème inscrit au programme pour les années scolaires 2008-2009 et 2009-2010.

■ L'ÉPREUVE DE CULTURE GÉNÉRALE ET EXPRESSION

Se trouve définie ici – à travers ses objectifs et sa forme – l'épreuve dite « d'évaluation ponctuelle », épreuve écrite qui se déroule en quatre heures.

L'objectif visé est de certifier l'aptitude des candidats à communiquer avec efficacité dans la vie courante et dans la vie professionnelle. L'évaluation sert donc à vérifier les capacités du candidat à : tirer parti des documents lus dans l'année et de la réflexion menée en cours ; rendre compte d'une culture acquise en cours de formation ; apprécier un message ou une situation ; communiquer par écrit ou oralement ; appréhender un message ; réaliser un message.

On propose trois à quatre documents de nature différente (textes littéraires, textes non littéraires, documents iconographiques, tableaux statistiques, etc.) choisis en référence à l'un des deux thèmes inscrits au programme de la deuxième année de STS. Chacun d'eux est daté et situé dans son contexte.

Première partie : synthèse (notée sur 40). Le candidat rédige une synthèse objective en confrontant les documents fournis.

Deuxième partie : écriture personnelle (notée sur 20). Le candidat répond de façon argumentée à une question relative aux documents proposés. La question posée invite à confronter les documents proposés en synthèse et les études de documents menées dans l'année en cours de « Culture générale et expression ». La note globale est ramenée à une note sur 20 points.

■ LE NOUVEAU THÈME DE 2009-2010

Le programme officiel de l'examen comporte deux thèmes dont chacun reste deux ans, mais avec un décalage d'un an. Il y a donc un nouveau thème chaque année. Le nouveau thème pour 2008-2009 et 2009-2010 est « Le détour ». L'indication de ce thème est accompagnée, dans le *Bulletin officiel* n° 10 du 6 mars 2008, d'un ensemble de pistes d'étude et de réflexion que nous reproduisons ici.

À l'heure des autoroutes, des TGV, des GPS et d'Internet, le détour est vécu comme une perte de temps insupportable. Aller droit au but semble être une règle, une norme admise par tous. Pourtant, le détour est une modalité du voyage, de l'action, du raisonnement, du discours. Le détour, même au risque des pertes qu'il peut engendrer, apprend et enrichit. Il peut être un art de vivre.

Déplacement : notre société a vu l'avènement du transport rapide, efficace, organisé. Et pourtant, jamais les touristes n'ont autant privilégié la lenteur des chemins de traverse (randonnées, croisières, vacances en roulottes…) ni opté pour le détour de l'itinéraire bis et les découvertes qu'il permet.

Action : notre société valorise, de même, le fait d'aller droit au but, et pour cela fait de la planification une des clés de la réussite. Pourtant, la stratégie (jeux de stratégie, tactique militaire, diplomatie, stratégie économique) repose souvent sur le détour, la feinte, l'esquive ; la réussite dépend aussi de l'ingéniosité et de la liberté de pensée.

Raisonnement : notre société retient le plus souvent la phrase et l'image choc, la synthèse, le résumé, la conclusion qui laisse dans l'ombre le cheminement intellectuel. Pourtant la recherche scientifique, la démarche pédagogique, la réflexion philosophique se fondent toujours sur les détours du raisonnement par essais et corrections, associations, analogies, tâtonnements, explorations, laissant place à l'erreur et à l'errance.

Discours : à l'heure du mythe d'une communication immédiate et transparente, la société contraint toujours à des détours de langage (politesse, négociation, diplomatie), elle cultive l'argumentation indirecte (publicité, discours de séduction), elle continue à s'exprimer par les formes artistiques qui disent le monde de façon détournée. Tout discours est médiation.

Du déplacement d'un point à un autre au voyage par les chemins de traverse, de la digression à l'enrichissement de la réflexion, de la solution immédiate au cheminement de la pensée, du choix de la ligne droite à l'acceptation du tâtonnement, d'une communication directe et efficace au langage des codes sociaux, de la diplomatie, de l'art, le détour n'est-il pas une modalité essentielle de la construction de soi et du comportement humain ?

PRÉSENTATION DU THÈME
LE DÉTOUR

■ LE DÉTOUR : UNE LIBERTÉ DE CHOIX

L'idée que dans toutes les circonstances de la vie, il vaut mieux aller droit au but, est régulièrement contredite par l'utilisation, parfois choisie, parfois subie, de toutes les formes de détour. Le chemin le plus court raccourcit distance et durée, évitant écueils et dangers. Mais que devient le plaisir du vagabondage et des sentiers écartés ? Faut-il toujours aller vite ? La liberté qui s'exprime dans les choix d'orientation — aller d'un côté plutôt que de l'autre — apporte à celui qui l'exerce la certitude qu'il n'est soumis à aucune détermination autre que la sienne. Mais, qu'est-ce qui est le plus enrichissant ? Choisir sa route ou devoir vaincre les obstacles auxquels une force extérieure confronte le voyageur ?

■ UN MODE DE COMMUNICATION

De même, l'expérience de la communication nous apprend qu'un langage clair et direct a plus de chance d'être compris qu'une langue de bois aux mots vides de sens, ou un « galimatias » inutilement compliqué. Mais n'est-il pas souhaitable, parfois, d'utiliser des circonvolutions diplomatiques pour des propos difficiles à formuler ? On peut objecter que le mensonge n'est pas loin. Mais il est des vérités qui ne sont pas plus faciles à dire qu'à entendre… Et qui n'a pas le souvenir de paroles trop dures, qu'il aurait mieux valu enrober d'un peu de flou ? Miroir de la vie, le théâtre en offre bien des exemples…

■ UN OUTIL DIDACTIQUE

Le détour triomphe dans le domaine didactique : anecdotes, paraboles, digressions, apologues. À la concision de la maxime se substitue un récit familier. La leçon prend un chemin détourné, avec des analogies qui servent de repères : l'errance n'est qu'apparente. Soigneusement balisée, elle laisse croire au lecteur qu'il en a découvert toutes les clés.

■ DES CHEMINS AFFECTIFS

Et que dire des sentiments ? Leurs ramifications constituent des cheminements si complexes et si conventionnels qu'on a pu les représenter sous la forme de parcours codifiés. Certes, il est toujours possible d'aller droit au but, mais c'est négliger la stratégie au profit de l'action immédiate, pas toujours sûre. Que Dom Juan se compare à Alexandre le Grand n'est guère étonnant : on a toujours rapproché la stratégie amoureuse de la stratégie militaire. Pour vaincre les forces en présence, armées ou amour propre, il est bon d'utiliser des subterfuges. Ces procédés « de bonne guerre » ne relèvent pas toujours de « bonne morale », mais ils témoignent de l'importance des enjeux et de la présence de nombreux aléas.

■ UNE NOTION PORTEUSE DE CONTRADICTIONS

Il apparaît ainsi que la notion de « détour » comporte de nombreuses contradictions : tout détour peut en effet se révéler simultanément utile et dangereux. Suivre le chemin le plus long ou envisager l'accès le plus direct relève de choix qui mêlent l'affirmation d'une liberté aux contraintes du hasard. C'est pourquoi la représentation symbolique du détour sous la forme du labyrinthe se trouve si souvent assimilée à la vie : il en illustre la complexité, les aléas et la nécessité, à chaque carrefour, de choisir entre plusieurs voies.

CHAPITRE I
DÉFINITIONS

13 Problématique

■ **TEXTES**

15 **1.** Dictionnaire *Grand Robert* (1985), article « Détour »

18 **2.** Dictionnaire *Grand Robert* (1985), article « Digression »

19 **3.** Les mots-clés du « détour », *BO de l'Éducation nationale* (2008)

■ **IMAGES**

20 **4.** Maurits Cornelis Escher, *Relativité* (1953)

21 **5.** Richard Serra, *The Matter of Time* (2005) (→ p. I)

Pour analyser le document : après chaque document
Thèmes de réflexion, d'exposé ou de débat

> « Il faut également s'interdire les digressions et les parenthèses.
> Par digressions, j'entends les sentiers de côté,
> les déviations que peut prendre une idée principale,
> en passant trop brutalement d'un objet à un autre. »
> ANTOINE ALBALAT, *L'Art d'écrire*.

■ PROBLÉMATIQUE

Lorsqu'une notion pose problème et qu'on ne sait pas trop comment l'aborder, la meilleure solution est de faire appel au dictionnaire, qui donne différents sens, des emplois et des exemples d'utilisation.

Un mot polysémique

Dans le cas du « **détour** », nous apprenons d'emblée, grâce au dictionnaire ***Grand Robert*** (→ DOCUMENT 1, p. 15), que le mot est polysémique et qu'il trouve ses applications dans au moins trois grands domaines, celui de l'**espace**, celui de l'**action** et celui du **comportement**. Mais l'observation des sens donnés dans chaque domaine et les exemples proposés montrent que l'on entre très vite dans un véritable labyrinthe où se mêlent, se croisent et s'entrecroisent différentes significations, jusqu'au paradoxe et à la contradiction. La représentation picturale de M. C. Escher, ***Relativité*** (→ DOCUMENT 4, p. 20) est une illustration de cette complexité.

Des connotations positives et négatives

Ainsi, le « *tracé qui s'écarte du chemin direct* », courbe qui remplace la ligne droite entre deux points, est, au sens propre, une **déviation** – utile ou dangereuse, choisie ou subie ? – une **digression** (→ DOCUMENT 2, p. 18) – qui perd le fil du discours ou qui apporte des précisions ? – et au sens figuré un **subterfuge** (→ DOCUMENT 1, p. 15), voire une **ruse** – preuve de malhonnêteté ou d'intelligence stratégique ? Chaque utilisation du mot, qui met en jeu des contraires, renvoie à la diversité des domaines de la vie : lieux, temps, action, paroles, pensées, sentiments et à des connotations tantôt positives, tantôt négatives, sans que l'on puisse attacher au mot une signification assurée et une valeur définitive.

Des orientations thématiques diverses

La liste des **mots-clés** donnée par le *Bulletin officiel* (→ DOCUMENT 3, p. 19) montre comment se mettent en place diverses **associations** de sens, de sons, d'images, de réminiscences culturelles, de lectures : avant d'entrer dans le vif du sujet, on peut s'imprégner de la diversité des orientations du thème à partir de celle des mots.

I DÉFINITIONS

DOCUMENT 1

ARTICLE DE DICTIONNAIRE

Dictionnaire **Grand Robert** (1985), article « Détour ».

Détour. *n. m.* (XIIIe s. ; de *détourner*).

1° Tracé qui s'écarte du chemin direct, en parlant d'une **voie**, d'un **cours d'eau**. V. **Angle, boucle, coude, courbe, tournant**. *Rivière qui fait un large détour. Tours et détours d'une rivière.* V. **Contour, méandre, sinuosité**. *Le chemin fait plusieurs détours avant d'arriver au village. Détours d'une rue, d'une galerie,* et par ext. *d'une ville, d'un palais.* V. **Circonvolution, dédale, labyrinthe, lacet, zigzag.**

« Nourri dans le Serrail (sérail), j'en connais les détours ; »
RACINE, *Bajazet*, IV, 7.

« ... les petites rues descendaient, montaient, s'enlaçaient comme pour égarer le passant attardé,... mais André en savait par cœur les détours. »
Loti, *Les Désenchantées*, VII, p. 130.

— Fig. *Les détours du cœur* : ses replis secrets.

— Par ext. Endroit où une voie tourne. V. **Tournant**. *Au détour du chemin, du sentier.*

« Tous deux sont embusqués au détour du chemin. »
HUGO, *La Légende des siècles*, VI, II, « Les deux mendiants ».

« Ils disparurent bientôt tous les trois au premier détour du chemin. »
MAUPASSANT, *Contes*, « Variétés, l'auberge ».

— Fig. :
« Il trouva même que leur liaison... se parait de l'imprévu, de l'absurdité apparente que les artistes savent mettre à chaque détour de leur vie. »
ROMAINS, *Les Hommes de bonne volonté*, t. V, IV, p. 27.

2° Action de parcourir un chemin plus long que le chemin direct qui mène au même point ; résultat de cette action.
Faire un long détour, un détour inutile pour se rendre à un endroit (V. **Allonger**). *Coupez par ici, cela vous évitera un détour de plus d'un kilomètre. Faire de nombreux détours par ignorance du bon chemin.* V. **Dévier, égarer** (s'). *Faire un détour pour éviter un*

obstacle. V. **Contourner**. *J'ai fait un détour pour vous dire bonjour.*
V. **Crochet**. *Détour obligatoire, dans la circulation, pour cause de travaux.* V. **Déviation**.

« Voilà les ennemis qui ont fait un grand détour pour éviter les passages gardés ! »   FÉNELON, *Télémaque*, IX.

« En faisant tant de détours, en m'égarant par de tels méandres, je n'arriverai jamais ; »   FRANCE, *Le Petit Pierre*, VIII, p. 38.

— Fig. *Revenir de ses erreurs après de longs détours.* V. **Égarement, errement**.

3° Fig. Moyen indirect de faire ou d'éluder quelque chose. V. **Biais, faux-fuyant, manigance, obliquité** (voie oblique), **ruse, subterfuge**. *Les détours de la chicane. User de détours pour parvenir à ses fins.* V. **Louvoyer, tournoyer**.

— *Prendre, chercher des détours pour dire quelque chose* (par politesse, par politique, etc.). V. **Tergiverser, tourner** (tourner autour du pot), **tortiller** (sa pensée). *Détours dans le langage.* V. **Circonlocution, circonvolution, périphrase, symbole**,... *Langage plein de détours.* V. **Alambiqué, amphigourique, compliqué, confus, contourné, tortillonné, tortueux**. *Pas tant de détours, au fait !* V. **Complication, histoire, mystère, phrase**. — *Sans détour, sans détours.* V. **Droit** (aller droit au but). *Il lui a raconté tout sans détour. Expliquez-vous sans détour* : tout bonnement, clairement, crûment, franchement, nettement, simplement, sincèrement. V. **Ambages** (sans).

« Soyez amant, vous serez inventif ;
Tour ni détour, ruse ni stratagème,
Ne vous faudront (manqueront)... »   LA FONTAINE, *Contes*, « Le cuvier ».

« Vous vous expliquez clairement ;... vous n'allez point chercher de détours... »   MOLIÈRE, *Dom Juan*, IV, 1.

« Une autre chose contribue beaucoup aux longs discours des femmes, c'est qu'elles sont nées artificieuses et qu'elles usent de longs détours pour venir à leur but ; »   FÉNELON, *L'Éducation des filles*, IX.

I DÉFINITIONS

« Avant de répondre, Michels tâta du regard l'assemblée. Puis il se lança dans un long développement, avec toutes sortes de distinguos et de détours, et une grande abondance de gestes. »
ROMAINS, *Les Hommes de bonne volonté*, t. IV, XVI, p. 180.

« ... je commençai, non sans détours, non sans réticences et allusions mystérieuses, je commençai d'expliquer notre famille, nos secrets,... »
DUHAMEL, *Les Pasquier*, II, III, p. 245.

– *Personne sans détour* : personne simple, franche et directe.
V. **Malice** (sans malice) ; **nature** *(fam.)*.
Ant. – **Raccourci**. **Franchise**, **simplicité**.

Pour analyser le document

1. Distinguez les trois grandes étapes de l'article et dites comment chacune est composée. À quoi servent les exemples ? Vous pouvez répondre à la première partie de la question sous forme de tableau.

2. Donnez les trois sens du terme tels qu'ils apparaissent dans l'article, puis déterminez ce qu'ils ont en commun et en quoi ils diffèrent.

3. Vers quels domaines les trois sens et les différents exemples orientent-ils ?

Thèmes de réflexion, d'exposé ou de débat

1. Parcourez cette anthologie et trouvez, parmi les documents proposés, des textes susceptibles d'illustrer certains des sens indiqués dans l'article de dictionnaire. Précisez à chaque fois si le rapprochement se fait par le sens propre ou par un sens figuré.

2. Choisissez un mot en gras dans chaque énumération (1°, 2° et 3°) et proposez trois termes associés qui vous viennent immédiatement à l'esprit, puis explicitez le lien de sens entre les mots choisis et les mots trouvés.

ARTICLE DE DICTIONNAIRE

DOCUMENT 2

Dictionnaire **Grand Robert** (1985), article « Digression ».

Digression. *n. f.* (XIIe s. ; lat. *digressio, de digredi*, s'éloigner).

1° Développement oral ou écrit, qui s'écarte du sujet traité. *Faire une digression.* V. **Écart, parenthèse**. *Se laisser entraîner à de continuelles digressions. Récit coupé de nombreuses digressions. Se lancer, tomber, se perdre dans les digressions. S'égarer, perdre le fil de son sujet à force de digressions. Revenons à notre sujet après cette digression* (*cf.* Mouton : revenons à nos moutons). — *Digression des comédies grecques où l'auteur parle en son nom.* V. **Parabase**.

> « Les digressions trop longues ou trop fréquentes rompent l'unité du sujet, et lassent les lecteurs sensés, qui ne veulent pas qu'on les détourne de l'objet principal, et qui d'ailleurs ne peuvent suivre, sans beaucoup de peine, une trop longue chaîne de faits et de preuves. On ne saurait trop rapprocher les choses ni trop tôt conclure. Il faut saisir d'un coup d'œil la véritable preuve de son discours, et courir à la conclusion. »
>
> VAUVENARGUES, *Réflexions et maximes*, 213.

> « Il faut également s'interdire les digressions et les parenthèses. Par digressions, j'entends les sentiers de côté, les déviations que peut prendre une idée principale, en passant trop brusquement d'un objet à un autre... »   ALBALAT, *L'Art d'écrire*, VIII, p. 151.

2° *Astron.* Éloignement apparent d'une planète par rapport au Soleil.

> « L'étendue des plus grandes digressions ou de ses plus grands écarts de chaque côté du Soleil varie depuis dix-huit jusqu'à trente-deux degrés. »   LAPLACE, *Exposition du système du monde*, I, 5 (in *Littré*).

Pour analyser le document

1. Quels sont les deux domaines concernés par la notion de digression ?

I DÉFINITIONS

2. En quoi peut-on rapprocher les termes « détour » et « digression » ?

3. Rattachez au mot « digression » des exemples ayant des connotations soit positives, soit négatives.

DOCUMENT 3

LISTE DE MOTS-CLÉS

Les mots-clés du détour donnés par le *Bulletin officiel* présentent le thème au programme en 2008-2009 et 2009-2010.

Domaine du voyage : déplacement, cheminement, errance, tours et détours, labyrinthe.

Domaine du langage quotidien : en cours de route, vaut le détour, chemin de traverse, école buissonnière, aller droit au but, par monts et par vaux, tous les chemins mènent à Rome, tourner autour du pot, tirer des bords, itinéraire bis.

Domaine de la temporalité : gain de temps, perte de temps, rapidité, rythme, vitesse, lenteur.

Domaine de la pensée : rigueur, rectitude, cheminement, expérience, contournement, détour théorique, analogie, recherche, hasard.

Domaine du discours : périphrase, ellipse, métaphore, digression, non-dit, langage de séduction, codes sociaux, langage diplomatique.

Domaine de l'action : orientation, stratégie, jeux de stratégie, négociation, technologies de l'information et de la communication.

Domaine de la réflexion philosophique : aléas, déterminisme, hasard, imprévu, liberté, programmation, prédestination.

Pour analyser le document

1. Lisez la liste de mots-clés et réagissez en citant :
– des œuvres littéraires, sociologiques, philosophiques, cinématographiques auxquelles les mots de la liste vous font penser ;
– des situations de la vie évoquées par certains de ces mots ;
– des problématiques diverses.

2. Mettez en parallèle la liste de mots-clés et le sommaire de l'anthologie : que remarquez-vous ? Retrouvez-vous certaines des références auxquelles vous avez pensé ?

DOCUMENT 4

LITHOGRAPHIE

MAURITS CORNELIS ESCHER (1898-1972), *Relativité* (juillet 1953), lithographie, 27,7 x 29,2 cm. © 2008 The M. C. Escher Company – Hollande. All rights reserved. www.mcescher.com

I DÉFINITIONS

Pour analyser le document

1. Dites ce que vous voyez sur l'image et proposez une série d'adjectifs pour caractériser ce qui est vu.

2. Expliquez quel est le principe de représentation utilisé par l'artiste.

3. Quels sont les effets créés sur le spectateur par cette représentation ? Qu'est-ce qu'évoque une telle image ? À quel mot l'univers représenté fait-il immédiatement penser ?

SCULPTURE

DOCUMENT 5

RICHARD SERRA (né en 1939), *The Matter of Time* (détail), exposition organisée au musée Guggenheim de Bilbao en 2005, acier ; hauteur : 4 m ; longueur totale : 12,705 m. Ph © Michel Houet / Belpress / Andia, © Adagp, Paris, 2008. (→ p. I)

Pour analyser le document

1. En décrivant ce que vous voyez sur l'image, dites de quoi se compose l'œuvre et quelles sont ses caractéristiques, notamment sur le plan des dimensions. Dites aussi pourquoi il est important qu'elle soit photographiée en contre-plongée (de haut en bas).

2. Quelles relation pouvez-vous trouver entre l'œuvre et son titre, en français *La Matière du Temps*. Quelles relations l'œuvre entretient-elle avec la notion de « détour » ?

CHAPITRE II
CHEMINS DÉTOURNÉS ET PARCOURS INITIATIQUES

23 Problématique

■ **TEXTES**

25 **1.** HOMÈRE, l'*Odyssée* (VIIIe siècle avant J.-C.)

27 **2.** OVIDE, *Les Métamorphoses* (1 après J.-C.)

29 **3.** CHARLES PERRAULT, *Contes* (1697), « Le Petit Chaperon rouge »

32 **4.** VOLTAIRE, *Candide ou l'Optimisme* (1759)

35 **5.** BLAISE CENDRARS, *La Prose du Transsibérien et de la petite Jehanne de France* (1947)

38 **6.** JORGE LUIS BORGES, *L'Aleph* (1962), « L'Immortel »

40 **7.** JEAN CHEVALIER, ALAIN GHEERBRANT, *Dictionnaire des symboles* (1969-1982)

43 **8.** YVES BONNEFOY, *La Vie errante* (1993)

■ **IMAGES**

46 **9.** Carte : les voyages d'Ulysse

47 **10.** Maître des CASSONI CAMPANA, *Thésée et le Minotaure* (1510-1520) (→ p. II)

48 **11.** Carte : l'itinéraire de Candide

Pour analyser le document : après chaque document
Thèmes de réflexion, d'exposé ou de débat

50 **POUR L'EXAMEN :** *Vers la synthèse • Vers l'écriture personnelle*

> « Je réponds ordinairement à ceux qui me demandent raison de mes voyages :
> que je sais bien ce que je fuis, mais non pas ce que je cherche. »
> MONTAIGNE, *Essais*, III, IX.

■ PROBLÉMATIQUE

C'est dans le **domaine spatial** que la notion de détour se révèle le plus facilement identifiable et visible. Les cartes et représentations picturales en témoignent (→ DOCUMENTS 9, pp. 46-47 et 11, pp. 48-49) et, en l'absence d'images, les récits et évocations de voyage mettent en jeu l'imagination par l'importance des notations diverses indiquant chemins et routes.

Un thème récurrent dans la mythologie et la littérature

La **mythologie** et la **littérature** offrent d'innombrables récits dans lesquels les héros se voient confrontés à des épisodes qui sont autant de **déviations**, de crochets ou de dédales… Ces péripéties, qui se doublent de dangers et de découvertes, pour Ulysse (→ DOCUMENTS 1, p. 25 et 9, pp. 46-47), Candide (→ DOCUMENTS 4, p. 32 et 11, pp. 48-49), Thésée (→ DOCUMENT 10, p. 47 et p. II), et bien d'autres, pourraient simplement être considérées comme le résultat du **hasard** ou le produit de l'**imaginaire** de leurs auteurs. Mais ces aventures cachent la plupart du temps des **significations** que le lecteur ou le spectateur doit chercher pour en tirer un enseignement, s'il ne se laisse pas simplement charmer par le caractère aventureux des récits. **Détournés** de leur destination par une divinité, dans le cas d'Ulysse, ou par un narrateur philosophe, pour Candide, les héros vivent une succession de **mises à l'épreuve** de leur caractère humain et de leur liberté. Opposés aux forces divines, à celles de la providence ou à celles des hommes, ils font l'expérience, comme le personnage de « l'Immortel » (→ DOCUMENT 6, p. 38), de la vie dans son plus haut degré de complexité et parfois d'incohérence. Et il n'est pas étonnant, dans ces conditions, que Thésée soit représenté sous la forme d'un chevalier (→ DOCUMENT 10, p. 47 et p. II), et le Minotaure sous les traits d'un dragon : la mythologie se prolonge dans l'idéal chevaleresque et chrétien.

Du motif du labyrinthe à la connaissance de soi

Quelle meilleure représentation de la vie et de la liberté que celle du labyrinthe et des capacités qu'il exige. Le *Dictionnaire des symboles* (→ DOCUMENT 7, p. 40) permet de saisir diverses **significations** de cette forme extrême du **détour** : entrée dans un monde symbolique, recherche difficile et souvent mise en échec d'un hypothétique chemin, **dépassement** de soi dans l'effort pour trouver sa voie, quête d'une vérité, réflexion sur la liberté. La plupart des récits de voyages et d'errances, imaginaires ou réels, conduisent à une certaine forme de **connaissance de soi** et de son environnement. Et il importe peu que B. Cendrars ait ou non effectué son voyage dans le Transsibérien (→ DOCUMENT 5, p. 35), ou qu'Yves Bonnefoy ne dise ni qui est son voyageur ni quelle est la ville découverte (→ DOCUMENT 8, p. 43). Dans le premier cas, seules comptent les associations de mots, de sons et d'images qui **détournent** sans cesse l'attention du lecteur vers un imaginaire étonnant. Dans le second, l'expérience de découverte d'une ville révèle — à travers son universalité — celle de tout voyageur, qui se laisse porter par un trajet à la fois familier et déconcertant, né simultanément d'un souvenir retrouvé et de la nouveauté.

II CHEMINS DÉTOURNÉS ET PARCOURS INITIATIQUES

POÉSIE

DOCUMENT 1

HOMÈRE (VIIIe siècle avant J.-C.), l'***Odyssée***, chant VII, traduction du grec ancien par Victor Bérard (1931), © Armand Colin. (→ CARTE, p. 46)

L'Odyssée raconte le périple d'Ulysse, condamné par le dieu Poséidon à errer pendant dix ans sur les mers avant de rentrer dans son île d'Ithaque, après la guerre de Troie. Dans le passage qui suit, il répond aux questions de la reine Arété, dont la fille, Nausicaa, l'a trouvé jeté sur une plage à la suite d'un naufrage.

ARÉTÉ : Ce que je veux d'abord te demander, mon hôte, c'est ton nom et ton peuple ?… et qui donc t'a donné les habits que voilà ?… ne nous disais-tu pas que tu nous arrivais après naufrage en mer ?

Ulysse l'avisé lui fit cette réponse :

ULYSSE : Comment pourrais-je, ô reine, exposer tout au long les maux dont m'ont comblé les dieux, maîtres du ciel ? Pourtant, puisque tu veux savoir et m'interroges, je m'en vais te répondre : loin d'ici, dans la mer, gît une île océane, qu'habite Calypso, la déesse bouclée à la terrible ruse ! Personne des mortels ni des dieux ne fréquente cette fille d'Atlas[1] ; pour mon malheur, un dieu me mit à son foyer. J'étais seul, puisque Zeus, de sa foudre livide, en pleine mer vineuse[2], avait frappé et mis en pièces mon croiseur[3]. Mon équipage entier de braves était mort ; j'avais noué mes bras à la quille de mon navire aux deux gaillards[4] ; j'avais flotté neuf jours ; le dixième, les dieux m'avaient, à la nuit noire, jeté chez Calypso, la terrible déesse, en son île océane. Cette fille d'Atlas m'accueillit, m'entoura

---
1. Géant de la mythologie, condamné par Zeus à soutenir de ses bras la voûte céleste.
2. Couleur de vin.
3. Terme désignant le navire d'Ulysse.
4. Sortes d'étages situés à l'avant du pont d'un navire.

de soins et d'amitié, me nourrit, me promit de me rendre immortel et jeune à tout jamais ; mais, au fond de mon cœur, je refusai toujours. Je restai là sept ans, sans bouger, sans cesser de tremper de mes larmes les vêtements divins qu'elle m'avait donnés. Lorsque s'ouvrit le cours de la huitième année, c'est elle qui, soudain, soit par l'ordre de Zeus, soit qu'eût changé son cœur, me pressa de partir. Alors, sur un radeau de poutres assemblées, elle me mit en mer, après m'avoir comblé de pain et de vin doux et m'avoir revêtu de divines étoffes. Elle me fit souffler la plus tiède des brises, un vent de tout repos. Je voguai dix-sept jours sur les routes du large : le dix-huitième enfin, j'aperçus votre terre, ses monts et ses forêts ; j'avais la joie au cœur !... Mais, dans mon triste sort, je devais rencontrer encor tant de misères que l'Ébranleur du sol[5] allait me susciter ! jetant sur moi les vents pour me fermer la route, Posidon souleva une mer infernale. J'eus beau gémir, crier ! la vague m'enleva du radeau ; la rafale en dispersa les poutres ; je me mis à la nage et, sur le grand abîme, je m'ouvris le chemin, tant qu'enfin, à vos bords, le vent qui me portait et les flots me jetèrent... J'allais y prendre pied quand, de toute sa force, en un lieu sans douceur, la vague me lança contre la grande roche... Puis la mer me reprit ; je dus nager encor jusqu'à l'entrée du fleuve, et c'est là que l'endroit me parut le meilleur, car sous l'abri du vent, la grève était sans roches. J'y tombai, défaillant. Mais, voyant arriver la nuit, l'heure divine, je sortis de ces eaux que vous donnent les dieux, et je m'en fus dormir en haut, sous les broussailles, dans un lit de feuillée, où le ciel me plongea en un sommeil sans fin. Durant toute la nuit, en dépit de l'angoisse, et le soleil levé, et jusqu'au plein midi, je dormis sous mes feuilles ; ce doux sommeil ne me quitta qu'au jour penchant ;

---

5. Périphrase désignant le dieu de la mer Poséidon (autre orthographe : Posidon).

II CHEMINS DÉTOURNÉS ET PARCOURS INITIATIQUES

c'est alors que je vis ta fille[6] et ses servantes qui jouaient sur la
grève ; elle semblait une déesse au milieu d'elles. Je l'implorai :
qu'elle eut de raison, de noblesse ! je n'osais, de son âge, espérer
cet accueil : trop souvent, la jeunesse a la tête si folle !... Mais
elle me donna tout ce qu'il me fallait, du vin aux sombres feux,
du pain, un bain au fleuve, les habits que voilà... Telle est la
vérité que, malgré ma tristesse, je tenais à te dire.

---
6. Nausicaa.

Pour analyser le document

1. Donnez, dans leur ordre chronologique, les péripéties successives racontées par Ulysse dans cet extrait et la durée des différents épisodes. En quoi peut-on parler de « détour » ?

2. Quelles sont les caractéristiques de ces épisodes ? Quel est leur point commun concernant la liberté d'Ulysse ?

3. Comment peut-on interpréter les épreuves auxquelles se trouve confronté le héros ?

POÉSIE

DOCUMENT 2

OVIDE (43 avant J.-C. – 17 ou 18 après J.-C.), ***Les Métamorphoses*** (1 après J.-C.), « Le labyrinthe », livre VIII, traduction du latin par J. Chamonard (1966), © Éditions GF-Flammarion.

Dans le livre VIII d'une œuvre poétique qui raconte les transformations des dieux et des héros de la mythologie, Ovide évoque le monstre qui est à l'origine du labyrinthe de Crète et le double exploit de Thésée.

Minos[1] décide d'éloigner de sa demeure cet objet de honte[2] et de l'enfermer dans un logis aux détours multiples et sous un toit inaccessible au jour.

Dédale, célèbre entre tous par son talent dans l'art de travailler le métal, est l'architecte de cet ouvrage. Il brouille tous les indices et induit en erreur le regard déconcerté par les détours de voies toutes différentes. Tout de même que, dans les campagnes de Phrygie[3], se joue le Méandre[4] aux eaux limpides ; son cours, hésitant, suit une direction, revient sur lui-même, se porte à la rencontre de ses propres eaux qu'il regarde venir ; et tourné tantôt vers sa source, tantôt vers la haute mer, il finit par fatiguer ses flots, incertains du but à atteindre : ainsi Dédale multiplie avec d'innombrables routes les risques de s'égarer ; et c'est avec peine qu'il put lui-même revenir jusqu'au seuil, tant la demeure était pleine de pièges. Quand il y eut enfermé l'être ambigu, moitié taureau, moitié jeune homme, et que le monstre, déjà deux fois repu du sang d'Acté[5], eut été vaincu par l'un de ceux qu'envoyait, pour la troisième fois, le tirage au sort renouvelé tous les neuf ans ; quand, avec l'aide d'une vierge, la porte inaccessible et que nulle des précédentes victimes n'avait repassée, eut été retrouvée, grâce au fil enroulé de nouveau, alors sans retard, le fils d'Égée, enlevant la fille de Minos[6], cingla vers Dia[7] et, sans pitié, déposa sa compagne sur ce rivage.

---

[1]. Roi de l'île de Crète.
[2]. Le Minotaure, monstre mi-animal/mi-humain né de l'union de la reine Pasiphaé (épouse de Minos) et d'un taureau.
[3]. Pays d'Asie Mineure (actuelle Turquie).
[4]. Fleuve connu pour ses détours.
[5]. Ancien nom d'Athènes. Le mot désigne ici les victimes athéniennes exigées par le Minotaure, sept jeunes gens et sept jeunes filles. Thésée, fils du roi d'Athènes, s'était glissé parmi eux.
[6]. Ariane, qui donna à Thésée (le fils d'Égée) le fil avec lequel il retrouva son chemin.
[7]. Ce nom désigne soit l'île de Naxos, où Thésée abandonna Ariane, selon la légende, soit une autre île au large de la Crète.

II CHEMINS DÉTOURNÉS ET PARCOURS INITIATIQUES

Pour analyser le document

1. À partir du texte, dites dans quel objectif Minos fit construire le labyrinthe. Dites aussi quelles sont les caractéristiques de ce lieu et les relations qui existent entre ces caractéristiques et l'objectif visé.

2. Le labyrinthe est associé à deux exploits accomplis par Thésée. Rappelez ces exploits et expliquez quelles qualités ils exigent (ou révèlent) et en quoi ils constituent des épreuves.

3. Quelles peuvent être les significations symboliques du labyrinthe à partir du récit d'Ovide ? Pour cette dernière question, vous pouvez vous aider du document qui figure p. II (pages en couleur).

CONTE MORAL

DOCUMENT 3

CHARLES PERRAULT (1628-1697), ***Contes*** (1697), « Le Petit Chaperon rouge », texte intégral.

Il était une fois une petite fille de Village, la plus jolie qu'on eût su voir ; sa mère en était folle, et sa mère-grand plus folle encore. Cette bonne femme lui fit faire un petit chaperon[1] rouge, qui lui seyait si bien, que partout on l'appelait le Petit chaperon rouge.

Un jour sa mère, ayant cuit et fait des galettes, lui dit : « Va voir comme se porte ta mère-grand, car on m'a dit qu'elle était malade, porte-lui une galette et ce petit pot de beurre. » Le petit chaperon rouge partit aussitôt pour aller chez sa mère-grand, qui demeurait dans un autre Village. En passant dans un bois elle rencontra compère le Loup, qui eut bien envie de la manger ; mais il n'osa, à cause de quelques Bûcherons qui

---
1. Bonnet à longue pointe porté par les hommes et les femmes au Moyen Âge.

étaient dans la Forêt. Il lui demanda où elle allait ; la pauvre enfant, qui ne savait pas qu'il est dangereux de s'arrêter à écouter un Loup, lui dit : « Je vais vois ma Mère-grand, et lui porter une galette avec un petit pot de beurre que ma Mère lui envoie. – Demeure-t-elle bien loin ? lui dit le Loup. – Oh ! oui, dit le petit chaperon rouge, c'est par-delà le moulin que vous voyez tout là-bas, là-bas, à la première maison du Village. – Hé bien, dit le Loup, je veux l'aller voir aussi ; je m'y en vais par ce chemin ici[2], et toi par ce chemin-là, et nous verrons qui plus tôt[3] y sera. » Le Loup se mit à courir de toute sa force par le chemin qui était le plus court, et la petite fille s'en alla par le chemin le plus long, s'amusant à cueillir des noisettes, à courir après des papillons, et à faire des bouquets des petites fleurs qu'elle rencontrait. Le Loup ne fut pas longtemps à arriver à la maison de la Mère-grand ; il heurte[4] : Toc, toc. « Qui est là ? – C'est votre fille[5] le petit chaperon rouge (dit le Loup, en contrefaisant sa voix) qui vous apporte une galette et un petit pot de beurre que ma Mère vous envoie. » La bonne Mère-grand, qui était dans son lit à cause qu'elle se trouvait un peu mal, lui cria : « Tire la chevillette[6], la bobinette cherra[7]. » Le Loup tira la chevillette, et la porte s'ouvrit. Il se jeta sur la bonne femme, et la dévora en moins de rien ; car il y avait plus de trois jours qu'il n'avait mangé. Ensuite il ferma la porte, et s'alla coucher dans le lit de la Mère-grand, en attendant le petit chaperon rouge, qui quelque temps après vint heurter à la porte. Toc, toc. « Qui est là ? » Le petit chaperon rouge, qui entendit la

---

2. Ce chemin-ci.
3. Le plus tôt.
4. Il frappe à la porte.
5. Votre petite-fille.
6. Petite corde reliée à la bobinette (serrure) et permettant d'ouvrir une porte de l'extérieur.
7. Futur du verbe choir (tomber).

grosse voix du Loup, eut peur d'abord, mais croyant que sa Mère-grand était enrhumée, répondit : « C'est votre fille le petit chaperon rouge, qui vous apporte une galette et un petit pot de beurre que ma Mère vous envoie. » Le Loup lui cria en adoucissant un peu sa voix : « Tire la chevillette, la bobinette cherra. » Le petit chaperon rouge tira la chevillette, et la porte s'ouvrit. Le Loup, la voyant entrer, lui dit en se cachant dans le lit sous la couverture : « Mets la galette et le petit pot de beurre sur la huche[8], et viens te coucher avec moi. » Le petit chaperon rouge se déshabille, et va se mettre dans le lit, où elle fut bien étonnée de voir comment sa Mère-grand était faite en son déshabillé. Elle lui dit : « Ma mère-grand, que vous avez de grands bras ! – C'est pour mieux t'embrasser, ma fille. – Ma mère-grand, que vous avez de grandes jambes ! – C'est pour mieux courir, mon enfant. – Ma mère-grand, que vous avez de grandes oreilles ! – C'est pour mieux écouter, mon enfant. – Ma mère-grand, que vous avez de grands yeux ! – C'est pour mieux voir, mon enfant. – Ma mère-grand, que vous avez de grandes dents ! – C'est pour te manger. » – Et en disant ces mots, ce méchant Loup se jeta sur le petit chaperon rouge, et la mangea.

MORALITÉ

On voit ici que de jeunes enfants
Surtout de jeunes filles
Belles, bien faites, et gentilles,
Font très mal d'écouter toute sorte de gens,
Et que ce n'est pas chose étrange,
S'il en est tant que loup mange.
Je dis le loup, car tous les loups

---

8. Coffre ou petit meuble pour conserver le pain.

> *Ne sont pas de la même sorte ;*
> *Il en est d'une humeur accorte[9],*
> *Sans bruit, sans fiel et sans courroux,*
> *Qui privés[10], complaisants et doux,*
> *Suivent les jeunes Demoiselles*
> *Jusque dans les maisons, jusque dans les ruelles[11] ;*
> *Mais hélas ! qui ne sait que ces Loups doucereux,*
> *De tous les Loups sont les plus dangereux.*

---

9. D'une humeur aimable.
10. Domestiqués, apprivoisés.
11. Terme désignant ici les appartements et plus précisément les chambres.

Pour analyser le document

1. Faites une présentation rapide du conte en résumant l'histoire.

2. À partir d'une mise en parallèle du récit et de la moralité, définissez la portée morale du conte et l'enseignement qu'il faut en tirer.

3. Où figure la notion de « chemin détourné » dans le conte ? En quoi peut-on aussi parler de détour à propos de la démarche de Perrault ? Expliquez pourquoi ce texte pourrait figurer dans le chapitre « Détours et stratégies », (p. 186), et dans le chapitre « Détours du langage et de la pensée » (p. 52).

DOCUMENT 4

CONTE PHILOSOPHIQUE

VOLTAIRE (1696-1778), ***Candide ou l'Optimisme*** (1759), chapitre dix-septième, « Arrivée de Candide et de son valet au pays d'Eldorado et ce qu'ils y virent ». (→ CARTE, p. 49)

Dans Candide, *Voltaire fait accomplir à son héros, nourri de l'idée que « tout est bien », un voyage qui le confronte à toutes les formes du*

II CHEMINS DÉTOURNÉS ET PARCOURS INITIATIQUES

mal. Au chapitre XVII, après de nombreuses aventures, Candide et son valet Cacambo cherchent, depuis le Paraguay, à gagner la Cayenne, une partie de la Guyanne.

Quand ils furent aux frontières des Oreillons[1] : « Vous voyez, dit Cacambo à Candide, que cet hémisphère-ci ne vaut pas mieux que l'autre ; croyez-moi, retournons en Europe par le plus court. — Comment y retourner, dit Candide ; et où aller ? Si je vais dans mon pays, les Bulgares et les Abares y égorgent tout[1] ; si je retourne en Portugal[1], j'y suis brûlé ; si nous restons dans ce pays-ci, nous risquons à tout moment d'être mis en broche. Mais comment se résoudre à quitter la partie du monde que mademoiselle Cunégonde[2] habite ?

— Tournons vers la Cayenne, dit Cacambo, nous y trouverons des Français, qui vont par tout le monde ; ils pourront nous aider. Dieu aura peut-être pitié de nous. »

Il n'était pas facile d'aller à la Cayenne ; ils savaient bien à peu près de quel côté il fallait marcher ; mais des montagnes, des fleuves, des précipices, des brigands, des sauvages, étaient partout de terribles obstacles. Leurs chevaux moururent de fatigue ; leurs provisions furent consumées ; ils se nourrirent un mois entier de fruits sauvages, et se trouvèrent enfin auprès d'une petite rivière bordée de cocotiers, qui soutinrent leur vie et leurs espérances.

Cacambo, qui donnait toujours d'aussi bons conseils que la vieille[3], dit à Candide : « Nous n'en pouvons plus, nous avons assez marché ; j'aperçois un canot vide sur le rivage,

---
1. Le premier paragraphe fait référence à diverses aventures de Candide, qui constituent le thème de chapitres précédents.
2. Cunégonde est la jeune personne dont Candide est amoureux. C'est à cause d'elle qu'il a été chassé par le baron, son père.
3. Personnage du conte, qui possède une grande expérience de la vie.

emplissons-le de cocos[4], jetons-nous dans cette petite barque, laissons-nous aller au courant ; une rivière mène toujours à quelque endroit habité. Si nous ne trouvons pas des choses agréables, nous trouverons du moins des choses nouvelles.
– Allons, dit Candide, recommandons-nous à la Providence. »

Ils voguèrent quelques lieues entre des bords tantôt fleuris, tantôt arides, tantôt unis, tantôt escarpés. La rivière s'élargissait toujours ; enfin elle se perdait sous une voûte de rochers épouvantables qui s'élevaient jusqu'au ciel. Les deux voyageurs eurent la hardiesse de s'abandonner aux flots sous cette voûte. Le fleuve, resserré en cet endroit, les porta avec une rapidité et un bruit horrible. Au bout de vingt-quatre heures ils revirent le jour ; mais leur canot se fracassa contre les écueils ; il fallut se traîner de rocher en rocher pendant une lieue entière ; enfin ils découvrirent un horizon immense, bordé de montagnes inaccessibles. Le pays était cultivé pour le plaisir comme pour le besoin ; partout l'utile était agréable. Les chemins étaient couverts ou plutôt ornés de voitures d'une forme et d'une matière brillante, portant des hommes et des femmes d'une beauté singulière, traînés rapidement par de gros moutons rouges qui surpassaient en vitesse les plus beaux chevaux d'Andalousie, de Tétuan et de Méquinez[5].

« Voilà pourtant, dit Candide, un pays qui vaut mieux que la Vestphalie[6] ». Il mit pied à terre avec Cacambo auprès du premier village qu'il rencontra. Quelques enfants du village, couverts de brocarts[7] d'or tout déchirés, jouaient au palet[8] à l'entrée du bourg ; nos deux hommes de l'autre monde s'amu-

---
4. Noix de coco.
5. Tétouan et Meknès, villes du royaume de Fez au Maroc, célèbre pour ses élevages de chevaux.
6. Province d'Allemagne, pays d'origine de Candide. C'est là que commence le conte.
7. Étoffes tissées avec de l'or.
8. Jeu d'adresse qui consiste à atteindre une cible avec des jetons (palets).

sèrent à les regarder : leurs palets étaient d'assez larges pièces rondes, jaunes, rouges, vertes, qui jetaient un éclat singulier. Il prit envie aux voyageurs d'en ramasser quelques-uns ; c'était de l'or, c'était des émeraudes, des rubis, dont le moindre aurait été le plus grand ornement du trône du Mogol[9].

---

9. Empereur des Indes, dont la richesse était fabuleuse.

Pour analyser le document

1. Récapitulez les différentes étapes du voyage de Candide telles qu'elles apparaissent dans cet extrait à partir du deuxième paragraphe, et dites quelles en sont les difficultés.

2. Quelles sont les caractéristiques du pays dans lequel ils arrivent ? Quelles relations le lecteur peut-il établir entre la nature du voyage et son point d'aboutissement ?

3. En quoi peut-on parler ici de « détour » ? À partir des comportements des deux personnages, dites ce que cette notion met en jeu dans l'extrait.

POÉSIE

BLAISE CENDRARS (1887-1961), *La Prose du Transsibérien et de la petite Jehanne de France* (1947, 1963, 2001, 2005), extraits tirés du volume 1 de « Tout autour d'aujourd'hui », nouvelle édition des œuvres complètes de B. Cendrars, dirigée par C. Leroy. © Éditions Denoël.

La Prose du Transsibérien et de la petite Jehanne de France *est l'évocation par B. Cendrars d'un voyage sans doute imaginaire où se mêlent des rapprochements inattendus d'images, de sons, de souvenirs.*

Effeuille la rose des vents[1]
Voici que bruissent les orages déchaînés
Les trains roulent en tourbillon sur les réseaux enchevêtrés
Bilboquets[2] diaboliques
5 Il y a des trains qui ne se rencontrent jamais
D'autres se perdent en route
Les chefs de gare jouent aux échecs
Tric-trac[3]
Billard
10 Caramboles[4]
Paraboles
La voie ferrée est une nouvelle géométrie
Syracuse[5]
Archimède[6]
15 Et les soldats qui l'égorgèrent
Et les galères
Et les vaisseaux
Et les engins prodigieux qu'il inventa
Et toutes les tueries
20 L'histoire antique
L'histoire moderne
Les tourbillons
Les naufrages
Même celui du *Titanic*[7] que j'ai lu dans le journal

---

1. Terme de marine. Étoile à trente-deux branches récapitulant les trente-deux aires du vent sur une boussole.
2. Jeu d'adresse consistant à placer une boule sur un bâton pointu.
3. Ancêtre du jacquet et du backgammon, qui se joue avec des dames.
4. Au billard, la carambole est la boule rouge.
5. Ville de Sicile. C'est pendant le siège de cette ville par les Romains, en 212 avant J.-C., que mourut Archimède.
6. Savant grec (287-212 avant J.-C.), auteur du principe de physique qui porte son nom.
7. Le *Titanic* fit naufrage dans la nuit du 14 au 15 avril 1912.

II CHEMINS DÉTOURNÉS ET PARCOURS INITIATIQUES

Autant d'images-associations que je ne peux pas développer dans mes vers
Car je suis encore fort mauvais poète
Car l'univers me déborde
Car j'ai négligé de m'assurer contre les accidents de chemin de fer
Car je ne sais pas aller jusqu'au bout
Et j'ai peur.

J'ai peur
Je ne sais pas aller jusqu'au bout
Comme mon ami Chagall[8] je pourrais faire une série de tableaux déments
Mais je n'ai pas pris de notes en voyage
« Pardonnez-moi mon ignorance
« Pardonnez-moi de ne plus connaître l'ancien jeu des vers »
Comme dit Guillaume Apollinaire[9]
Tout ce qui concerne la guerre on peut le lire dans les *Mémoires de Kouropatkine*[10]
Ou dans les journaux japonais qui sont aussi cruellement illustrés
À quoi bon me documenter
Je m'abandonne
Aux sursauts de ma mémoire... [...]

Pour analyser le document

1. Donnez le thème et les caractéristiques de cet extrait ; qu'est-ce qui différencie les deux parties du texte ?

---

8. Peintre français (1887-1985) d'origine russe.
9. Poète français (1880-1918).
10. Général russe, commandant en chef pendant la guerre russo-japonaise en 1905.

2. Étudiez la manière dont naissent et s'enchaînent les éléments évoqués : sons, significations, souvenirs, « *images-associations* », et faites apparaître ainsi les nombreux détours auxquels se laisse aller le poète.

3. Qu'a d'original ce texte poétique ? En quoi se rattache-t-il à la notion de « détour » ?

NOUVELLE

DOCUMENT 6

JORGE LUIS BORGES (1899-1986), ***L'Aleph*** (1962), « L'Immortel », traduction de l'espagnol par Roger Caillois et René L.-F. Durand (1967), coll. « L'imaginaire », © Éditions Gallimard.

Le narrateur et héros de la nouvelle « L'Immortel » est un Romain de l'Antiquité parti à la recherche de la « Cité des immortels ». Après bien des étapes, blessé et abandonné par ceux qui l'accompagnaient, il découvre un lieu souterrain dans lequel il s'aventure.

Au fond d'un couloir, un mur imprévu me coupa le passage ; une lointaine clarté l'illuminait. Je levai mes yeux attaqués[1] ; dans le vertigineux, au plus haut, je vis un cercle de ciel si bleu qu'il a pu me paraître pourpre. Des degrés de métal escala-
5 daient la muraille. La fatigue me faisait m'abandonner, mais je montai, m'arrêtant uniquement pour sangloter sottement de bonheur. J'allais distinguant des chapiteaux et des frises, des frontons triangulaires et des voûtes, confuses magnificences de granit et de marbre. C'est de cette manière qu'il me fut
10 accordé de monter de l'aveugle empire des noirs labyrinthes à la resplendissante Cité.

---
1. Blessés par la lumière.

II CHEMINS DÉTOURNÉS ET PARCOURS INITIATIQUES

Je pris pied sur une sorte de place, ou plutôt dans une cour. Elle était entourée d'un seul édifice de forme irrégulière et de hauteur variable ; diverses coupoles et colonnes appartenaient à cette construction hétérogène. Avant toute autre caractéristique du monument invraisemblable, l'extrême antiquité de son architecture me frappa. Je compris qu'il était antérieur aux hommes, antérieur à la Terre. Cette ostensible antiquité (bien qu'effrayante en un sens pour le regard) me parut convenable à l'ouvrage d'artisans immortels. Prudemment d'abord, puis avec indifférence, non sans désespoir à la fin, j'errai par les escaliers et les dallages de l'inextricable palais. Je vérifiai ensuite l'inconstance[2] de la largeur et de la hauteur des marches : je compris la singulière fatigue qu'elles me causaient. « Ce palais est l'œuvre des dieux », pensai-je d'abord. J'explorai les pièces inhabitées et corrigeai : « Les dieux qui l'édifièrent sont morts. » Je notai ses particularités et dis : « Les dieux qui l'édifièrent étaient fous. » Je le dis, j'en suis certain, avec une incompréhensible réprobation qui était presque un remords, avec plus d'horreur intellectuelle que de peur sensible. À l'impression d'antiquité inouïe, d'autres s'ajoutèrent, celle de l'indéfinissable, celle de l'atroce, celle du complet non-sens. J'étais passé par un labyrinthe, mais la très nette Cité des Immortels me fit frémir d'épouvante et de dégoût… Un labyrinthe est une chose faite à dessein pour confondre les hommes ; son architecture, prodigue en symétries, est orientée à cette intention. Dans les palais que j'explorai imparfaitement, l'architecture était privée d'intention. On n'y rencontrait que couloirs sans issue, hautes fenêtres inaccessibles, portes colossales donnant sur une cellule ou sur un puits, incroyables escaliers inversés, aux degrés et à la rampe tournés vers le bas. D'autres, fixés dans le vide à

---

2. L'irrégularité.

une paroi monumentale, sans aboutir nulle part, s'achevaient, après deux ou trois paliers, dans la ténèbre supérieure des coupoles. Je ne sais si tous les exemples que je viens d'énumérer sont littéraux ; je sais que durant de nombreuses années, ils peuplèrent mes cauchemars. [...]

Pour analyser le document

1. À partir des verbes de mouvement et de l'indication des lieux, récapitulez les étapes du cheminement du personnage. D'où vient l'impression, pour lui et pour le lecteur, que les lieux sont difficiles à identifier ?

2. Quelles sont les caractéristiques communes aux différents lieux découverts et parcourus ?

3. De quoi les lieux et l'errance qu'ils provoquent pourraient-ils être la représentation symbolique ?

ARTICLE DE DICTIONNAIRE

DOCUMENT 7

JEAN CHEVALIER, ALAIN GHEERBRANT, *Dictionnaire des symboles* (1969-1982), article « Labyrinthe », coll. « Bouquins », © Éditions Robert Laffont.

Le labyrinthe est originellement le palais crétois de Minos où était enfermé le Minotaure et d'où Thésée ne put sortir qu'à l'aide du fil d'Ariane[1]. On retient donc essentiellement la complication de son plan et la difficulté de son parcours.

---
1. Voir le texte d'Ovide, p. 28.

II CHEMINS DÉTOURNÉS ET PARCOURS INITIATIQUES

Le labyrinthe est, essentiellement, un entrecroisement de chemins, dont certains sont sans issue et constituent ainsi des culs-de-sac, à travers lesquels il s'agit de découvrir la route qui conduit au centre de cette bizarre toile d'araignée. La comparaison avec la toile d'araignée n'est pas exacte d'ailleurs, car celle-ci est symétrique et régulière, alors que l'essence même du labyrinthe est de circonscrire dans le plus petit espace possible l'enchevêtrement le plus complexe de sentiers et de retarder ainsi l'arrivée du voyageur au centre qu'il veut atteindre (Briv, 197 [2]).

Mais ce tracé complexe se retrouve à l'état de nature dans les couloirs d'accès de certaines grottes préhistoriques ; il est dessiné, assure Virgile[3], sur la porte de l'antre de la Sibylle de Cumes[4] ; il est gravé sur les dalles des cathédrales ; il est dansé en diverses régions, de la Grèce à la Chine ; il était connu en Égypte. C'est que – et son association à la **caverne**[5] le montre bien – le labyrinthe doit à la fois permettre l'accès au *centre* par une sorte de *voyage* initiatique, et l'interdire à ceux qui ne sont pas qualifiés. En ce sens, on a rapproché le labyrinthe du **mandala**[6], qui comporte d'ailleurs parfois un aspect labyrinthique. Il s'agit donc d'une figuration d'épreuves initiatiques discriminatoires, préalables au cheminement vers le *centre caché*. [...][7]

---

2. Les références renvoient à des auteurs d'ouvrages sociologiques abordant le thème du labyrinthe, respectivement, M. Brion, L. Benoist, R. Christinger, R. Guénon, W. F. Jackson-Knight, M. Kaltenmark, M. Éliade.
3. Poète latin (70-19 av. J.-C.), auteur de l'*Énéide* (29-19 av. J.-C.), récit épique rapportant l'errance d'Énée, Troyen rescapé de la guerre de Troie.
4. Prophétesse antique que l'on venait consulter à Cumes, en Italie.
5. Dans les traditions initiatiques grecques, la caverne représente le monde. On en trouve un exemple dans l'allégorie que Platon développe dans *La République*.
6. Représentation circulaire complexe utilisée dans les traditions hindoues.
7. Suit un paragraphe relatif aux labyrinthes pavés de certaines églises (Amiens, Chartres).

Le labyrinthe a été utilisé comme système de défense aux portes des villes fortifiées (forteresse). Il était tracé sur des maquettes de maisons grecques antiques. Dans un cas comme dans l'autre, il s'agit d'une défense de la cité, ou de la maison, comme située au centre du monde. Défense non seulement contre l'adversaire humain, mais aussi contre les influences maléfiques. On notera le rôle identique de *l'écran* placé au milieu de l'allée centrale des temples, dans le monde sinoïsé[8], où lesdites influences sont censées ne se propager qu'en ligne droite.

La danse de Thésée, appelée *danse des grues*, est évidemment en rapport avec le cheminement labyrinthique. Or il existe aussi en Chine des danses labyrinthiques qui sont des danses d'oiseaux (tel le *pas de Yu*), et dont le rôle n'est pas moins d'ordre surnaturel (Bena, Chrc, Gues, Jacg, Kalt[2]).

Symbole d'un système de défense, le labyrinthe annonce la présence de quelque chose de précieux ou de sacré. Il peut avoir une fonction militaire, pour la défense d'un territoire, d'un village, d'une ville, d'un tombeau, d'un trésor : il n'en permet l'accès qu'à ceux qui connaissent les plans, aux initiés. Il a une fonction religieuse de défense contre les assauts du mal : le mal est non seulement le démon, mais aussi l'intrus, celui qui est prêt à violer les secrets, le sacré, l'intimité des relations avec le divin. Le centre que protège le labyrinthe sera réservé à l'initié, à celui qui, à travers les épreuves de l'initiation (les détours du labyrinthe), se sera montré digne d'accéder à la révélation mystérieuse. Une fois parvenu au centre, il est comme consacré ; introduit dans les arcanes[9], il est lié par le secret. *Les rituels labyrinthiques sur lesquels se fonde le cérémonial d'initiation... ont justement pour objet d'apprendre au néophyte, dans*

---

8. Caractérisé par la culture chinoise.
9. Connaissances secrètes.

II CHEMINS DÉTOURNÉS ET PARCOURS INITIATIQUES

le cours même de sa vie d'ici-bas, la manière de pénétrer, sans s'égarer, dans les territoires de la mort) **(qui est la porte d'une autre vie)**... *D'une certaine manière, l'expérience initiatique de Thésée dans le labyrinthe de Crète équivalait à la recherche des Pommes d'Or du Jardin des Hespérides*[10] *ou de la Toison d'Or de Colchide*[11]. *Chacune de ces épreuves se ramenait, en langage morphologique*[12], *à pénétrer victorieusement dans un espace difficilement accessible et bien défendu, dans lequel se trouvait un symbole plus ou moins transparent de la* **puissance**, *de la* **sacralité** *et de l'***immortalité** (Elit, 321[2]).

---

[10]. Un des douze travaux d'Hercule.
[11]. Expédition menée par Jason et les Argonautes.
[12]. En langage qui pouvait signifier « par sa forme ».

Pour analyser le document

1. Récapitulez les différents types de labyrinthes présentés par le texte ainsi que leurs caractéristiques. Déterminez ce qu'ils ont en commun dans leurs formes.

2. Regroupez les fonctions attribuées aux labyrinthes.

3. Quelles significations symboliques se trouvent attachées aux labyrinthes ? En particulier, à quoi est associée la notion, omniprésente, de « détour » ?

POÈME EN PROSE

YVES BONNEFOY (né en 1923), ***La Vie errante*** (1993), « Tout un matin dans la ville », coll. « Poésie », © Éditions Mercure de France.

Il a quitté son hôtel de fort bonne heure avec ce qui lui semblait un guide illustré de la ville. Il a traversé le fleuve par un pont qui fut bâti au siècle où celle-ci accéda à l'indépendance, à l'avenir, et à la beauté en architecture. Sur l'autre rive les monuments de cette splendeur, à la fois sévère sur les façades et toute en démesure, lui a-t-on dit, toute chimères et grands élans de couleur cachée de l'autre côté – le silencieux, le désert – des lourdes portes.

Et voici, entre deux de ces édifices, la rue qui mène par derrière eux dans les lieux de vie ordinaire, jusqu'aux remparts. Ce doit être une suite de maisons un peu en désordre, beaucoup de temps s'étant écoulé depuis la première grande époque, d'où des décrépitudes, des abandons, mais des recommencements aussi, de nouveaux bâtiments en saillies à des carrefours, et même de nouveaux styles. Et c'est bien là ce qu'il voit, mais que de signes qu'il n'avait pas prévus ! Il imaginait des parois nues, de hautes fenêtres grillagées, et ce sont partout, au contraire, mais bien silencieuses, c'est vrai, de petites boutiques basses, obscures, de celles dont il faut s'approcher, pressant son front à la vitre, pour y distinguer la chose vendue, qui est une vague petite flamme dans cette eau d'un miroir qu'aucun soleil ne pénètre. Quant à la rue elle-même, elle est plus longue, beaucoup plus longue qu'il ne pensait, et des rues traversières la coupent à chaque instant, qui lui proposent d'autres quartiers vers lesquels il se dirige parfois, par brusque attrait pour une chapelle demi-cachée, ou un plan de soleil à l'autre bout d'un passage sombre, mais dont il revient assez vite, parce que ces nouvelles voies se sont divisées à leur tour, entre encore d'autres chapelles, d'autres hauts escaliers sous des colonnades, d'autres de ces demeures princières aux lourdes portes cloutées où furent frappés des coups si violents, quelquefois, des coups résonnant si longtemps par toute la profondeur des salles vides.

II CHEMINS DÉTOURNÉS ET PARCOURS INITIATIQUES

Oui, il revient sur ses pas, toujours, il revient vers la rue qu'il a voulu suivre, et il voit bien qu'il y réussit, il en est heureux, mais les espaces n'ont donc pas cessé de lui apparaître plus vastes qu'il ne savait, peut-être même, en vient-il à penser, se dilatent-ils, à mesure qu'il y avance, sous ce ciel du matin qui semble, lui, s'être immobilisé : fléau qui tient la balance égale entre deux masses d'azur. Tout se multiplie, tout s'étend, c'est au point qu'il en vient à apercevoir au loin, parmi les passants de la ville haute, qui tout de même a quelque chose de sombre, des êtres qui se colorent des teintes claires du souvenir. Cet homme, cette femme, par exemple. Lui qui s'approche souriant, la main tendue, mais, au dernier moment, où est-il ? Et elle une figure d'emblée si floue, bien qu'elle appelle et fasse des signes, robe toute phosphorescente sous le chapeau de clarté. Ils étaient là, ou presque. Bonjour, adieu, il faut s'éloigner dans cette rue qui s'élargit, s'étire, s'efface. […]

Pour analyser le document

1. Le personnage se promène dans une ville. Indiquez quels sont les lieux évoqués et de quelle manière ils sont perçus : sur quel phénomène celui qui parle met-il l'accent à plusieurs reprises ?

2. Caractérisez la promenade effectuée par le « voyageur » : en quoi se rattache-t-elle à la notion de « détour » ou de labyrinthe ?

3. La ville évoquée n'a pas de nom, pas plus que le personnage désigné par « Il » : quels sont les effets créés par ce double anonymat ? Quelle(s) signification(s) cette caractéristique confère-t-elle à l'expérience rapportée ?

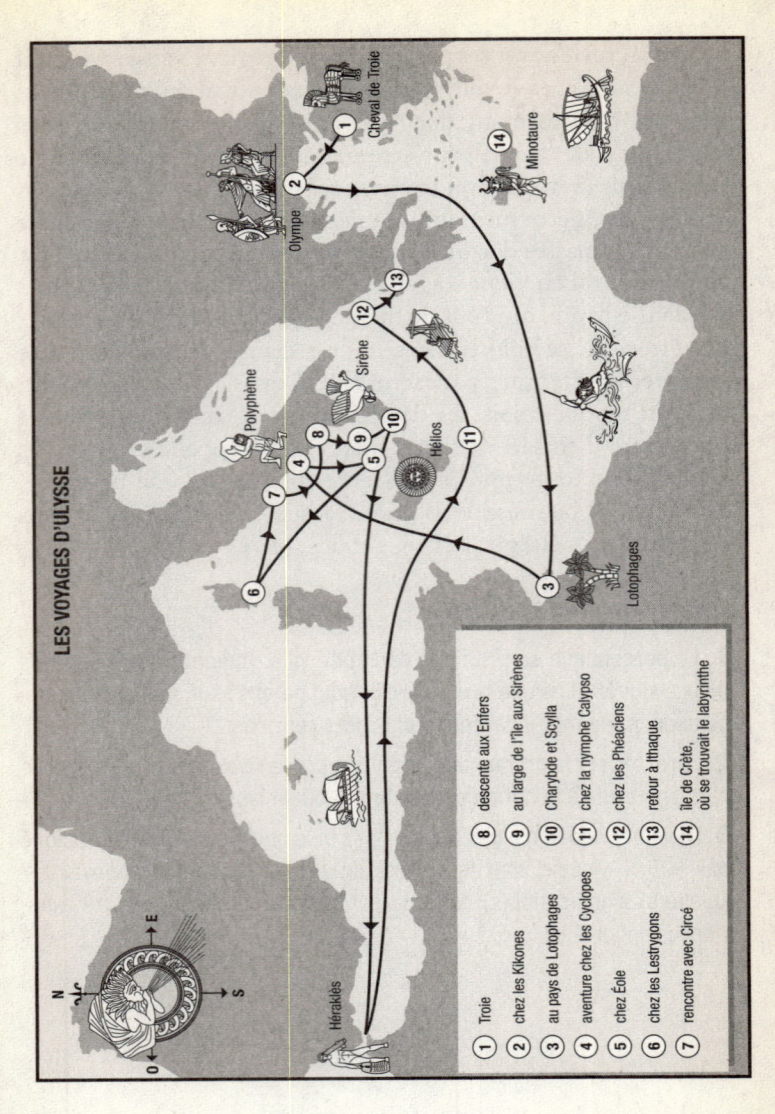

LES VOYAGES D'ULYSSE

① Troie
② chez les Kikones
③ au pays de Lotophages
④ aventure chez les Cyclopes
⑤ chez Éole
⑥ chez les Lestrygons
⑦ rencontre avec Circé
⑧ descente aux Enfers
⑨ au large de l'île aux Sirènes
⑩ Charybde et Scylla
⑪ chez la nymphe Calypso
⑫ chez les Phéaciens
⑬ retour à Ithaque
⑭ île de Crète, où se trouvait le labyrinthe

46

II CHEMINS DÉTOURNÉS ET PARCOURS INITIATIQUES

CARTE GÉOGRAPHIQUE

DOCUMENT 9

Les voyages d'Ulysse. (→ CARTE, p. 46 et DOCUMENT 1, p. 25).

Pour analyser le document

1. Décrivez ce que vous voyez sur la carte : qu'est-ce qui frappe immédiatement celui qui regarde (plusieurs réponses) ?

2. Reconstituez le périple géographique d'Ulysse en précisant le nom des pays dans lesquels il a dû s'arrêter.

3. Expliquez comment se trouve matérialisée la notion de « détour » et quelles peuvent en être les différentes significations.

Thèmes de réflexion, d'exposé ou de débat

1. Choisissez sur la carte trois « étapes » d'Ulysse et cherchez dans l'*Odyssée* ce qui les caractérise : circonstances, nature, difficultés rencontrées, épreuve, libération.

2. Citez des exemples de voyages – de l'Antiquité à nos jours – pour faire apparaître leurs obstacles, leurs dangers, leurs enseignements.

PEINTURE

DOCUMENT 10

Maître des CASSONI CAMPANA[1] (début du XVIe siècle), ***Thésée et le Minotaure*** (détail d'un panneau de Cassone daté entre 1510 et 1520), panneau de peuplier, 0,69 × 1,55 m, Avignon, musée du Petit-Palais. Ph © René-Gabriel Ojéda / RMN. (→ p. II)

---

[1]. En l'absence d'auteur connu, le mot « Maître » désigne un spécialiste dans un domaine particulier de la peinture. Ici, les « Cassoni » sont des coffres de mariage décorés. « Campana » est peut-être le nom d'un collectionneur.

Pour analyser le document

1. Décrivez ce que vous voyez sur l'image et retrouvez les différentes composantes de l'histoire : personnages, lieu, action, fil de l'intrigue. En vous aidant de certains documents de ce chapitre, précisez qui sont les deux figures féminines du tableau.

2. Il existe de nombreuses représentations du labyrinthe de Crète : quelles sont les particularités de celui qui est représenté ici ?

3. Mettez en évidence le caractère anachronique de la représentation : sur quoi le peintre attire-t-il l'attention du spectateur ?

DOCUMENT 11

CARTE GÉOGRAPHIQUE

L'itinéraire de Candide : les différentes étapes de ses aventures en relation avec les chapitres du conte. (→ CARTE, p. 49 et DOCUMENT 4, p. 32)

Pour analyser le document

Pour aller de la Westphalie à Constantinople, Candide change de continent et accomplit un long périple qui le met face à des obstacles et à des difficultés diverses : quel peut être l'intérêt d'une telle confrontation ? Répondez en faisant correspondre, à partir d'une édition du conte, les titres des chapitres et les pays concernés.

Thème de réflexion, d'exposé ou de débat

Faites une recherche pour exposer la situation de Candide au début du conte, ses croyances philosophiques et l'influence sous laquelle il se trouve. Exposez ensuite brièvement ce sur quoi Voltaire invite ses lecteurs à réfléchir à travers les différents épisodes.

II CHEMINS DÉTOURNÉS ET PARCOURS INITIATIQUES

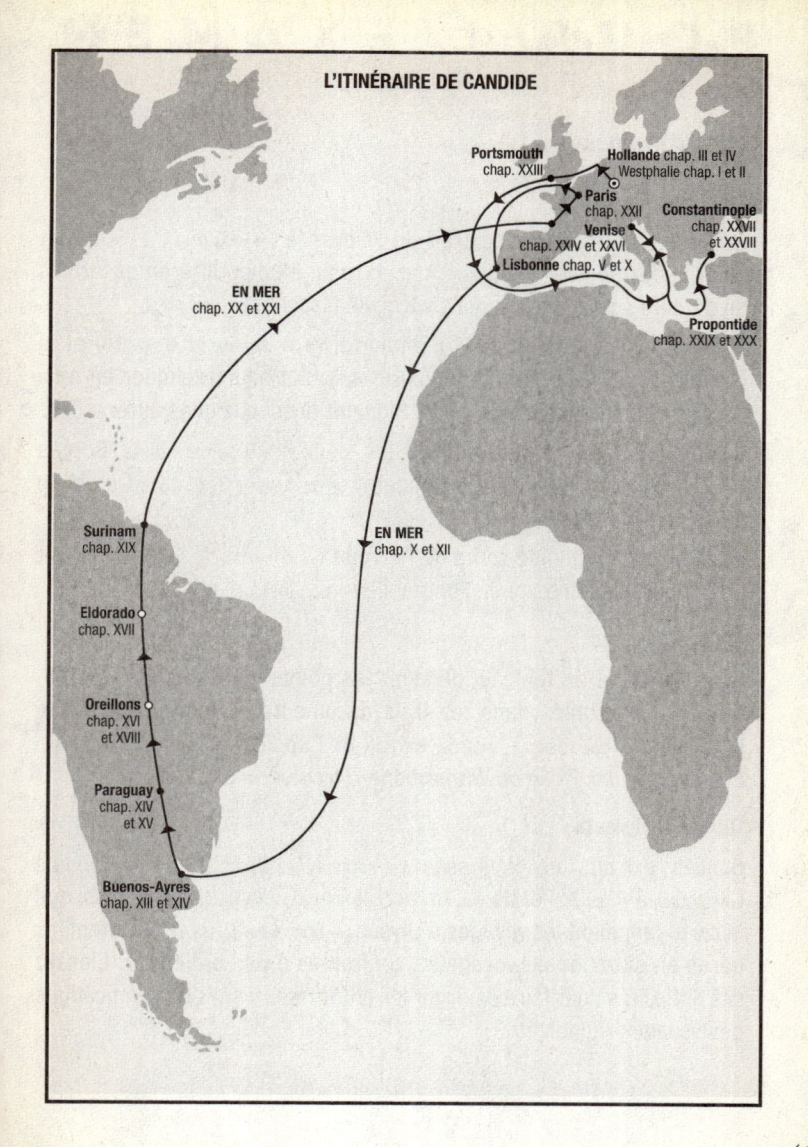

L'ITINÉRAIRE DE CANDIDE

- **Portsmouth** chap. XXIII
- **Hollande** chap. III et IV
- **Westphalie** chap. I et II
- **Paris** chap. XXII
- **Venise** chap. XXIV et XXVI
- **Lisbonne** chap. V et X
- **Constantinople** chap. XXVII et XXVIII
- **Propontide** chap. XXIX et XXX
- **EN MER** chap. XX et XXI
- **EN MER** chap. X et XII
- **Surinam** chap. XIX
- **Eldorado** chap. XVII
- **Oreillons** chap. XVI et XVIII
- **Paraguay** chap. XIV et XV
- **Buenos-Ayres** chap. XIII et XIV

POUR L'EXAMEN

Vers la synthèse

Deux documents

1. Mettez en parallèle l'extrait de l'*Odyssée* (→ DOCUMENT 1, p. 25) et l'extrait de *Candide* (→ DOCUMENT 4, p. 32) pour étudier différentes formes de détours spatiaux et ce qui s'y trouve associé.

2. Rapprochez l'extrait de « L'Immortel » (→ DOCUMENT 6, p. 38) et la gravure de M. C. Escher (→ DOCUMENT 4, p. 20) pour expliquer en quoi l'image pourrait illustrer le texte. Signalez aussi quelques différences.

3. En quoi peut-on rapprocher les deux textes de J. L. Borges (→ DOCUMENT 6, p. 38) et d'Yves Bonnefoy (→ DOCUMENT 8, p. 43). Qu'est-ce qui les différencie ?

4. Expliquez en quoi le conte de Perrault (→ DOCUMENT 3, p. 29) pourrait être rapproché du texte de Fontenelle (→ DOCUMENT 5, p. 63).

Trois documents

5. Sous forme de tableau, dégagez les points communs et les différences perceptibles dans les trois documents suivants : extrait de l'*Odyssée* (→ DOCUMENT 1, p. 25), extrait de *Candide* (→ DOCUMENT 4, p. 32) et extrait de *La Prose du Transsibérien* (→ DOCUMENT 6, p. 35).

Quatre documents

6. Les extraits de l'*Odyssée* (→ DOCUMENT 1, p. 25), de *Candide* (→ DOCUMENT 4, p. 32) et de « L'Immortel » (→ DOCUMENT 6, p. 38), ainsi que la carte rappelant les voyages d'Ulysse (→ DOCUMENT 9, p. 46), mettent les héros en situation de voyageurs confrontés à des difficultés. Classez ces difficultés pour faire émerger les différentes visées et significations des voyages rapportés.

Vers l'écriture personnelle

Sujet 1

« On s'instruit en voyageant, dit le Huron, et assurément cette diversité des peuples, des coutumes, et des dieux est utile à considérer. Mais d'un autre côté, l'on n'apprend jamais que ce que l'on sait déjà. »

Vous direz si vous partagez ce point de vue du personnage héros du conte de Voltaire, *L'Ingénu*.

Sujet 2

« Amer savoir, celui que l'on tire du voyage,
Le monde, monotone et petit, aujourd'hui,
Hier, demain, toujours, nous fait voir notre image :
Une oasis d'horreur dans un désert d'ennui ! »

« Le voyage », *Les Fleurs du Mal* (1857).

Donnez, sous une forme argumentée et illustrée d'exemples, vos réactions personnelles à ces propos de Baudelaire.

Sujet 3

On compare souvent la vie à un voyage aux péripéties multiples et aux détours volontaires ou aléatoires. Vous direz dans quelle mesure cette comparaison vous semble pertinente.

Sujet 4

Faut-il toujours savoir ce que l'on cherche lorsque l'on part en voyage ? Vous répondrez de manière personnelle à cette question qui rejoint les propos de Montaigne cités page 23.

CHAPITRE III
DÉTOURS DU LANGAGE ET DE LA PENSÉE

53 Problématique

■ **TEXTES**

55 **1.** Platon, *Criton* (vers 387 avant J.-C.)

58 **2.** Michel de Montaigne, *Essais* (1588-1595)

60 **3.** Antoine Baudeau de Somaize, *Grand Dictionnaire des Précieuses* (1660)

61 **4.** Nicolas Boileau, *Épîtres* (1669)

63 **5.** Fontenelle, *Histoire des oracles* (1687)

65 **6.** Jean de La Bruyère, *Les Caractères* (1688)

67 **7.** Jean de La Fontaine, *Fables* (1693) « Le Pouvoir des fables »

69 **8.** Charles de Montesquieu, *Lettres persanes* (1721)

72 **9.** Marthe Robert, *Livre de lectures* (1977)

74 **10.** Martine Chosson, *Parlez-vous la langue de bois ?* (2007)

■ **IMAGE**

78 **11.** Plantu, dessin extrait de *Wolfgang, tu feras informatique !* (1998)

Pour analyser le document : après chaque document
Thèmes de réflexion, d'exposé ou de débat

79 **POUR L'EXAMEN :** *Vers la synthèse* • *Vers l'écriture personnelle*

> « *C'est ce qu'il y a de bon en vous,
> que vous n'allez point chercher de détours,
> vous dites les choses avec une netteté admirable.* »
> MOLIÈRE, *Dom Juan*, IV, 1.

■ PROBLÉMATIQUE

Quand il s'agit simplement de dire qu'il fait beau, La Bruyère (→ DOCUMENT 6, p. 65), recommande la formule « Il fait beau ! ». C'est net et **sans détour**, et ce n'est pas parce que l'on complique l'expression que l'on montre plus d'esprit ! En revanche, certaines situations imposent l'utilisation de formulations dont le caractère **développé**, **imagé et indirect** trouve des justifications historiques et didactiques.

Des exemples historiques

Évoquons les précieuses du XVIIe siècle : dans leur volonté d'atténuer la rudesse des mœurs de leur époque, elles ont remplacé, jusqu'au ridicule, des mots innocents par des **périphrases** fleuries et codées, signes de reconnaissance, pensaient-elles, d'une **appartenance sociale** raffinée. Le *Grand Dictionnaire des Précieuses* (→ DOCUMENT 3, p. 60) regroupe ces expressions qui font des yeux les « miroirs de l'âme » et du temps « le père des années ». Molière s'est fait un plaisir de remettre à leur place ces pédantes en dénonçant les **excès** d'un langage devenu incompréhensible à force de **détours**.

Et s'il vivait à notre époque, sans doute mettrait-il à mal cette **langue de bois** (→ DOCUMENT 10, p. 74) qui ne dit pas les choses directement, mais utilise des **suites de mots pompeux** et savants, vidés de leur sens à force d'être utilisés hors de leur contexte : ils meublent la conversation, mais sans signification, et confèrent aux échanges des ressemblances avec les machines qui fonctionnent sans rien produire. Et que dire de cette manie de l'**euphémisme**, qui refuse, en refusant les mots, la dureté des réalités qu'il évoque et les remplace par des images adoucies ? Comme l'explique M. Robert (→ DOCUMENT 9, p. 72), il s'agit de **masquer** la maladie, la mort, la misère, les handicaps, de faire comme s'ils n'existaient plus : en détournant la réalité par des formulations indirectes, on croit **exorciser** ce qui nous fait peur.

Des détours utiles

Pourtant, faire appel au **détour** facilite l'exposé d'idées et de raisonnements : là où l'abstraction rend la compréhension difficile, le **récit imagé**, la **digression narrative**, la mise en situation figurative apportent des simplifications efficaces. Socrate (→ DOCUMENT 1, p. 55), l'orateur mis en scène par La Fontaine (→ DOCUMENT 7, p. 67), Fontenelle (→ DOCUMENT 5, p. 63), Boileau (→ DOCUMENT 4, p. 61), utilisent ce **subterfuge** qui consiste à raconter pour faire passer un enseignement moral : c'est là le rôle de l'apologue, de la fable, de la parabole, dont les situations et les personnages, facilement reconnaissables, ont la valeur de **modèles** ou de **repoussoirs**. En mettant en scène des Persans qui découvrent la France, Montesquieu (→ DOCUMENT 8, p. 69) utilise une autre forme de détour : celui d'un **regard étranger**, doublé d'une manière de parler qui ne désigne pas les choses par leur nom mais par des périphrases. Les **détours** du langage et ceux de la pensée ont ici une grande force : ils mettent au grand jour, indirectement, ce qu'ils sont censés ne pas pouvoir exprimer.

III DÉTOURS DU LANGAGE ET DE LA PENSÉE

DIALOGUE PHILOSOPHIQUE

DOCUMENT 1

PLATON (428-427 – 347 avant J.-C.), *Criton* (vers 387 avant J.-C.), chapitres XI et XII, traduction du grec ancien par Émile Chambry (1965), © Éditions GF-Flammarion.

Dans un dialogue, Platon met en scène Socrate emprisonné et l'un de ses amis, Criton, qui vient lui rendre visite. Ce dernier s'efforce de convaincre le philosophe de s'évader. La conversation porte sur la fidélité à la parole donnée.

SOCRATE

Je vais donc dire ce qui s'ensuit, ou plutôt t'interroger. Si l'on a accordé à quelqu'un qu'une chose est juste, faut-il la faire ou lui manquer de parole ?

CRITON

Il faut la faire.

SOCRATE

XI. – Cela posé, considère la suite. En sortant d'ici sans avoir obtenu l'assentiment de la cité, faisons-nous du mal à quelqu'un, à ceux-là précisément qui le méritent le moins, oui ou non ? et restons-nous fidèles à ce que nous avons reconnu comme juste, oui ou non ?

CRITON

Je ne peux répondre à ta question, Socrate ; je ne la comprends pas.

SOCRATE

Eh bien, suis mon explication. Suppose qu'au moment où nous allons nous évader, ou quel que soit le terme dont il faut qualifier notre sortie, les lois de l'État viennent se présenter devant nous et nous interrogent ainsi[1] : « Dis-nous, Socrate, qu'as-tu dessein de faire ? Que vises-tu par le coup que tu vas tenter, sinon de nous détruire, nous, les lois et l'État tout entier, autant qu'il est en ton pouvoir ? Crois-tu qu'un État puisse encore subsister et n'être pas renversé, quand les jugements rendus n'y ont aucune force et que les particuliers les annulent et les détruisent ? » Que répondrons-nous, Criton, à cette question, et à d'autres semblables ? Car que n'aurait-on pas à dire, surtout un orateur, en faveur de cette loi détruite, qui veut que les jugements rendus soient exécutés ? Leur répondrons-nous : « L'État nous a fait une injustice, il a mal jugé notre procès ? » Est-ce là ce que nous répondrons ou dirons-nous autre chose ?

Criton

C'est cela, Socrate, assurément.

Socrate

XII. – Et si les lois nous disaient : « Est-ce là, Socrate, ce qui était convenu entre nous et toi ? Ne devrais-tu pas t'en tenir aux jugements rendus par la cité ? » Et si nous nous étonnions de ce langage, peut-être diraient-elles : « Ne t'étonne pas, Socrate, de ce que nous disons, mais réponds-nous, puisque tu as coutume de procéder par questions et par réponses. Voyons, qu'as-tu à reprocher à nous et à l'État pour entreprendre de nous détruire ? Tout d'abord, n'est-ce pas à nous que tu dois la vie et n'est-ce pas sous nos auspices que ton père a épousé ta mère et t'a engendré ? Parle donc : as-tu quelque chose à redire à celles d'entre nous qui règlent les mariages ? les trouves-tu mauvaises ? – Je n'ai rien à y reprendre, dirais-je. – Et à

---

[1]. Cette personnification qui permet de faire parler les lois s'appelle une prosopopée.

III DÉTOURS DU LANGAGE ET DE LA PENSÉE

celles qui président à l'élevage[2] de l'enfant et à son éducation, éducation que tu as reçue comme les autres ? Avaient-elles tort, celles de nous qui en sont chargées, de prescrire à ton père de t'instruire dans la musique et la gymnastique ? – Elles avaient raison, dirais-je. – Bien. Mais après que tu es né, que tu as été élevé, que tu as été instruit, oserais-tu soutenir d'abord que tu n'es pas notre enfant et notre esclave, toi et tes ascendants ? Et s'il en est ainsi, crois-tu avoir les mêmes droits que nous et t'imagines-tu que tout ce que nous voudrons te faire, tu aies toi-même le droit de nous le faire à nous ? Quoi donc ? Il n'y avait pas égalité de droits entre toi et ton père ou ton maître, si par hasard tu en avais un, et il ne t'était pas permis de lui faire ce qu'il te faisait, ni de lui rendre injure pour injure, coup pour coup, ni rien de tel ; et à l'égard de la patrie et des lois, cela te serait permis ! et, si nous voulons te perdre, parce que nous le trouvons juste, tu pourrais, toi, dans la mesure de tes moyens, tenter de nous détruire aussi, nous, les lois et la patrie, et tu prétendrais qu'en faisant cela, tu ne fais rien que de juste, toi qui pratiques réellement la vertu ! Qu'est-ce donc que ta sagesse, si tu ne sais pas que la patrie est plus précieuse, plus respectable, plus sacrée qu'une mère, qu'un père et que tous les ancêtres, et qu'elle tient un plus haut rang chez les dieux et chez les hommes sensés ; qu'il faut avoir pour elle, quand elle est en colère, plus de vénération, de soumission et d'égards que pour un père, et, dans ce cas, ou la ramener par la persuasion ou faire ce qu'elle ordonne et souffrir en silence ce qu'elle ordonne de souffrir, se laisser frapper ou enchaîner ou conduire à la guerre pour y être blessé ou tué ; qu'il faut faire tout cela parce que la justice le veut ainsi ; qu'on ne doit ni céder, ni reculer, ni abandonner son poste, mais qu'à la guerre, au tribunal et

---

2. Action d'élever.

partout il faut faire ce qu'ordonnent l'État et la patrie, sinon la faire changer d'idée par des moyens qu'autorise la loi ? Quant à la violence, si elle est impie à l'égard d'une mère ou d'un père, elle l'est bien davantage encore envers la patrie. » Que répondrons-nous à cela, Criton ? que les lois disent la vérité ou non ?

CRITON

La vérité à mon avis [...].

Pour analyser le document

1. Donnez le thème global de l'extrait : ce thème est-il facile à cerner ?

2. Dites quel fait, dans le dialogue, conduit Socrate à modifier sa manière de s'exprimer. Expliquez comment il s'y prend pour convaincre Criton : quel « détour » formel utilise-t-il pour que son interlocuteur comprenne sa question et ce qu'elle met en jeu ?

3. Expliquez la fonction argumentative des lignes 12 à 27, puis dégagez dans la suite du texte la thèse et l'argumentation développées par Socrate à partir des propos prêtés aux lois.

DOCUMENT 2

ESSAI AUTOBIOGRAPHIQUE

MICHEL DE MONTAIGNE (1533-1592), ***Essais*** (1588-1595), I, L, « Sur Démocrite et Héraclite », traduction en français modernisé par A. Lanly (1989), © Éditions Honoré Champion.

Dans l'extrait qui suit, Montaigne évoque ses différentes démarches personnelles pour observer, analyser et juger le monde dans lequel il vit. En même temps, il définit ce que sont les Essais.

III DÉTOURS DU LANGAGE ET DE LA PENSÉE

Le jugement[1] est un outil pour tous les sujets et l'on s'en sert partout. Pour cette raison, j'emploie toutes sortes d'occasions pour faire ici des essais du mien. Si c'est un sujet que je ne comprends pas du tout, à ce sujet-là lui-même je l'essaie, en sondant le gué de bien loin, et puis, le trouvant trop profond pour ma taille, je reste sur la rive : et le fait de reconnaître que je ne peux pas passer de l'autre côté est un trait de son action[2], et même un des traits dont il se vante le plus. Tantôt dans un sujet vain[3], un sujet de rien, j'essaie de voir s'il[4] pourra lui donner de la consistance et fournir de quoi l'appuyer et l'étayer[5]. Tantôt je le mène en promenade vers un sujet noble et rebattu dans lequel il n'a rien de personnel à trouver, le chemin étant si frayé[6] qu'il ne peut marcher que sur la piste d'autrui. Là il s'amuse à choisir la route qui lui semble la meilleure et entre mille sentiers, il dit que celui-ci ou celui-là a été le mieux choisi. Je prends le premier sujet que m'offre le hasard. Tous me sont également bons. Et je ne me propose jamais de les présenter entiers, car je ne vois le tout de rien : ceux qui nous promettent de nous faire voir ce tout ne le voient pas non plus.

Pour analyser le document

1. Retrouvez dans le texte tout ce qui évoque la notion de « détour ».

2. Celui qui parle, Montaigne, utilise le détour sur deux plans différents. À partir de la réponse 1, trouvez quels sont ces deux plans.

3. En prenant appui sur les deux expressions suivantes : « *le mieux choisi* » et « *que m'offre le hasard* », dites quelle problématique se trouve abordée dans le texte.

---
1. La capacité de juger et de raisonner.
2. Une preuve de la capacité de réfléchir et de prendre une décision.
3. Un sujet sans importance, sans consistance.
4. « Il » désigne le jugement.
5. Le soutenir.
6. Si fréquenté.

Thèmes de réflexion, d'exposé ou de débat

1. Identifiez, parmi les figures de rhétorique, celles qui utilisent le détour et expliquez quels sont les effets produits.

2. Dans un roman intitulé *La Disparition*, Georges Perec a dû utiliser de nombreuses périphrases. Faites une recherche pour préciser la caractéristique essentielle de ce roman, qui justifie cette utilisation stylistique, ainsi que les effets produits.

DOCUMENT 3 — EXTRAIT DE DICTIONNAIRE

ANTOINE BAUDEAU DE SOMAIZE (1630 – date de mort inconnue), ***Grand Dictionnaire des Précieuses*** (1660).

Les définitions suivantes sont celles des précieux du XVIIᵉ siècle, dont Molière a fait la satire dans Les Précieuses ridicules.

Astres : les pères de la fortune et des inclinations.
Chandelier : le soutien de la lumière.
Chapeau : l'affronteur des temps.
Dents : l'ameublement de la bouche.
Fauteuils : les trônes de la ruelle[1].
Joues : les trônes de la pudeur.
Jalousie : la perturbatrice du repos des amants.
Larmes : les perles d'Iris.
Miroir : le conseiller des grâces.
Musique : le paradis des oreilles.

---

[1]. Espace entre le lit et le mur dans une chambre. Aux XVIᵉ et XVIIᵉ siècles, les femmes de qualité y recevaient leurs invités.

III DÉTOURS DU LANGAGE ET DE LA PENSÉE

Nez : la porte, ou les écluses, du cerveau.
Porte : une fidèle gardienne.
Sièges : les commodités de la conversation.
Temps : le père des années.
15 **Yeux** : les miroirs de l'âme.
Zéphyr : l'amant des fleurs.

Pour analyser le document

1. Expliquez en quoi, dans chacune de ces expressions, on peut parler de détour dans la formulation. Quelle est la figure de rhétorique dominante ?

2. Comment peut s'expliquer la volonté qui se manifeste ainsi de parler autrement ? Quels sont les effets produits ?

Thèmes de réflexion, d'exposé ou de débat

1. Cherchez le sens du mot « préciosité » et replacez ce courant dans l'histoire, en expliquant les origines du langage très codifié utilisé par les précieux et les précieuses.

2. Quels risques et quels avantages y a-t-il à utiliser une manière de parler accessible seulement à des « initiés » ?

POÉSIE

NICOLAS BOILEAU (1636-1711), *Épîtres* (1669), « Épître 1 », vers 61-90.

Dans une épître adressée à Louis XIV, où il évoque les conquêtes royales, Boileau fait une digression pour évoquer un épisode de la vie du roi Pyrrhus.

« Pourquoi ces éléphants, ces armes, ce bagage,
Et ces vaisseaux tout prêts à quitter le rivage ?
Disait au roi Pyrrhus[1] un sage confident,
Conseiller très sensé d'un roi très imprudent.
5 — Je vais, lui dit ce prince, à Rome où l'on m'appelle.
— Quoi faire ? — L'assiéger. — L'entreprise est fort belle
Et digne seulement d'Alexandre[2] ou de vous ;
Mais, Rome prise enfin, Seigneur, où courons-nous ?
— Du reste des Latins la conquête est facile.
10 — Sans doute, on les peut vaincre : est-ce tout ? — La Sicile
De là nous tend les bras, et bientôt, sans effort,
Syracuse[3] reçoit nos vaisseaux dans son port.
— Bornez-vous là vos pas ? — Dès que nous l'aurons prise,
Il ne faut qu'un bon vent, et Carthage[4] est conquise.
15 Les chemins sont ouverts : qui peut nous arrêter ?
— Je vous entends, Seigneur, nous allons tout dompter :
Nous allons traverser les sables de Libye ;
Asservir en passant l'Égypte, l'Arabie ;
Courir delà le Gange[5] en de nouveaux pays ;
20 Faire trembler le Scythe[6] aux bords du Tanaïs[7],
Et ranger sous nos lois tout ce vaste hémisphère.
Mais, de retour enfin, que prétendez-vous faire ?
— Alors, cher Cinéas[8], victorieux, contents,
Nous pourrons rire à l'aise, et prendre du bon temps.
25 — Eh ! Seigneur, dès ce jour, sans sortir de l'Épire,

---

1. Roi d'Épire, région de Grèce (IIIe siècle avant J.-C.).
2. Alexandre le Grand (356-323 avant J.-C.).
3. Ville de Sicile.
4. Ville située en Tunisie.
5. Fleuve des Indes.
6. Peuple vivant entre le Danube et le Don.
7. Ancien nom du fleuve Don.
8. Nom du conseiller qui s'adresse à Pyrrhus.

III DÉTOURS DU LANGAGE ET DE LA PENSÉE

Du matin jusqu'au soir qui vous défend de rire ? »
Le conseil était sage et facile à goûter :
Pyrrhus vivait[9] heureux s'il eût pu l'écouter.

---
9. Aurait vécu.

Pour analyser le document

1. Présentez le texte en précisant sa forme, son thème et ses relations de sens avec la notion de « détour ».

2. Quelle est la leçon mise en place par cette évocation de la vie de Pyrrhus ? Quelle est l'utilité de cette digression dans le contexte où elle se situe (une épître adressée au roi) ?

ESSAI

BERNARD LE BOVIER DE FONTENELLE (1657-1757), *Histoire des oracles* (1687), première dissertation, chapitre 4.

Dans Histoire des oracles, *le philosophe B. de Fontenelle dénonce les erreurs de jugement et de raisonnement de ceux qui accordent trop d'importance aux croyances et aux superstitions.*

Assurons-nous bien du fait, avant que de nous inquiéter de la cause. Il est vrai que cette méthode est bien lente pour la plupart des gens qui courent naturellement à la cause, et passent par-dessus la vérité du fait ; mais enfin nous éviterons
5 le ridicule d'avoir trouvé la cause de ce qui n'est point. Ce malheur arriva si plaisamment sur la fin du siècle passé à quelques savants d'Allemagne, que je ne puis m'empêcher d'en parler ici.

« En 1593, le bruit courut que, les dents étant tombées à un enfant de Silésie[1] âgé de sept ans, il lui était venu une d'or à la place d'une de ses grosses dents. Horstius[2], professeur en médecine dans l'université de Helmstadt[3], écrivit, en 1595, l'histoire de cette dent, et prétendit qu'elle était en partie naturelle, en partie miraculeuse, et qu'elle avait été envoyée de Dieu à cet enfant pour consoler les chrétiens affligés par les Turcs ! Figurez-vous quelle consolation, et quel rapport de cette dent aux chrétiens ni aux Turcs ! En la même année, afin que cette dent d'or ne manquât pas d'historiens, Rullandus[2] en écrit l'histoire. Deux ans après, Igolsteterus[2], autre savant, écrit contre le sentiment que Rullandus avait de la dent d'or, et Rullandus fait aussitôt une belle et docte réplique. Un autre grand homme, nommé Libavius[2], ramasse tout ce qui avait été dit de la dent, et y ajoute son sentiment particulier. Il ne manquait autre chose à tant de beaux ouvrages, sinon qu'il fût vrai que la dent était d'or. Quand un orfèvre l'eût examinée, il se trouva que c'était une feuille d'or appliquée à la dent, avec beaucoup d'adresse : mais on commença par faire des livres, et puis on consulta l'orfèvre. »

Rien n'est plus naturel que d'en faire autant sur toutes sortes de matières. Je ne suis pas si convaincu de notre ignorance par les choses qui sont, et dont la raison nous est inconnue, que par celles qui ne sont point, et dont nous trouvons la raison. Cela veut dire que, non seulement nous n'avons pas les principes qui mènent au vrai, mais que nous en avons d'autres qui s'accommodent très bien avec le faux.

---
1. Région du sud-ouest de la Pologne.
2. Les consonances latines des noms leur confèrent une crédibilité ironique.
3. Ville d'Allemagne.

III DÉTOURS DU LANGAGE ET DE LA PENSÉE

Pour analyser le document

1. Quel est le thème de réflexion de B. de Fontenelle dans cet extrait ? Sur quoi attire-t-il l'attention de ses lecteurs ?

2. Étudiez comment est construit le texte et quel est le rôle de la partie entre guillemets par rapport à chacun des deux autres paragraphes, dont vous donnerez le contenu.

3. Comment ce texte se rattache-t-il à la notion de « détour » ? Quelle forme prend ce détour et quelle est son utilité ?

ESSAI

JEAN DE LA BRUYÈRE (1645-1696), *Les Caractères* (1688), livre V, « De la société et de la conversation », texte 7, intégral.

Dans Les Caractères, *œuvre inspirée de celle du Grec Théophraste (IVe siècle après J.-C.), le moraliste La Bruyère présente, sous forme de portraits satiriques, un certain nombre de comportements en société.*

Que dites-vous ? Comment ? Je n'y suis pas ; vous plairait-il de recommencer ? J'y suis encore moins ; je devine enfin : vous voulez, Acis, me dire qu'il fait froid ; que ne disiez-vous : « Il fait froid » ? Vous voulez m'apprendre qu'il pleut ou qu'il neige ; dites : « Il pleut, il neige. » ; vous me trouvez bon visage, vous désirez de m'en féliciter, dites : « Je vous trouve bon visage. » – Mais répondez-vous, cela est bien uni[1] et bien clair ; et d'ailleurs qui ne pourrait pas en dire autant ? – Qu'importe, Acis ? Est-ce un si grand mal d'être entendu[2] quand on parle, et de parler comme tout le monde ? Une chose

---
1. Cela est bien ordinaire.
2. D'être compris.

vous manque, Acis, à vous et à vos semblables les diseurs de *phœbus*[3] ; vous ne vous en défiez point, et je vais vous jeter dans l'étonnement : une chose vous manque, c'est l'esprit ; ce n'est pas tout : il y a en vous une chose de trop, qui est l'opinion d'en avoir plus que les autres ; voilà la source de votre pompeux galimatias[4], de vos phrases embrouillées, et de vos grands mots qui ne signifient rien. Vous abordez cet homme, ou vous entrez dans cette chambre ; je vous tire par votre habit, et vous dis à l'oreille : « Ne songez point à avoir de l'esprit, n'en ayez point, c'est votre rôle ; ayez, si vous pouvez, un langage simple, et tel que l'ont ceux en qui vous ne trouvez aucun esprit : peut-être alors croira-t-on que vous en avez. »

---

3. Périphrase désignant les poètes. *Phœbus* (en italique dans le texte) est Apollon, dieu de la lumière et de la poésie.
4. Manière de parler prétentieuse et incompréhensible.

Pour analyser le document

1. Donnez le thème du texte, précisez qui est mis en scène et sur quoi porte la critique.

2. Qu'est-ce qui, d'après La Bruyère, caractérise les utilisateurs de « galimatias » ?

3. Quelles sont les relations entre ce portrait et la notion de « détour » ?

Thème de réflexion, d'exposé ou de débat

Comment expliquez-vous le succès des SMS et des textos, qui sont des manières et des moyens de s'exprimer « sans détour » ?

III DÉTOURS DU LANGAGE ET DE LA PENSÉE

FABLE

DOCUMENT 7

Jean de La Fontaine (1621-1695), *Fables* (1693), « Le Pouvoir des fables », livre VIII, fable 4, vers 34-70.

L'extrait proposé ici est la seconde partie de la fable intitulée « Le Pouvoir des fables ».

Dans Athène[1] autrefois peuple vain et léger,
Un Orateur[2] voyant sa patrie en danger,
Courut à la Tribune ; et d'un art tyrannique[3],
Voulant forcer les cœurs dans une république,
5   Il parla fortement sur le commun salut.
On ne l'écoutait pas : l'Orateur recourut
    À ces figures violentes[4]
Qui savent exciter les âmes les plus lentes.
Il fit parler les morts, tonna, dit ce qu'il put.
10 Le vent emporta tout ; personne ne s'émut.
    L'animal aux têtes frivoles[5]
Étant fait à ces traits, ne daignait l'écouter.
Tous regardaient ailleurs : il en vit s'arrêter
À des combats d'enfants, et point à ses paroles.
15 Que fit le harangueur[6] ? Il prit un autre tour.
« Cérès[7], commença-t-il, faisait voyage un jour
    Avec l'Anguille et l'Hirondelle :
Un fleuve les arrête ; et l'Anguille en nageant,

---

[1]. Orthographe sans « s » pour des raisons de métrique.
[2]. L'orateur est Démade, homme politique athénien (384-320 avant J.-C.).
[3]. Brutal, violent.
[4]. Figures de rhétorique comme l'hyperbole, ou encore la prosopopée, qui consiste à faire parler des morts, des objets, des idées.
[5]. Périphrase désignant le peuple.
[6]. Celui qui prononce une harangue, l'orateur.
[7]. La déesse des moissons.

>   Comme l'Hirondelle en volant,
> 20   Le traversa bientôt. » L'assemblée à l'instant
> Cria tout d'une voix : « Et Cérès, que fit-elle ?
>   – Ce qu'elle fit ? un prompt courroux
>   L'anima d'abord contre vous.
> Quoi, de contes d'enfants son peuple s'embarrasse !
> 25   Et du péril qui le menace
> Lui seul entre les Grecs il néglige l'effet !
> Que ne demandez-vous ce que Philippe[8] fait ? »
>   À ce reproche l'assemblée,
>   Par l'Apologue[9] réveillée,
> 30   Se donne entière à l'Orateur :
>   Un trait de Fable en eut l'honneur[10].
> Nous sommes tous d'Athène[1] en ce point[11] ; et moi-même,
>   Au moment que je fais cette moralité,
>   Si *Peau d'âne*[12] m'était conté,
> 35   J'y prendrais un plaisir extrême,
> Le monde est vieux, dit-on : je le crois, cependant
> Il le faut amuser encor[13] comme un enfant.

---

8. Roi de Macédoine, qui menaçait Athènes.
9. Petite histoire comportant une moralité.
10. Un morceau de fable eut l'honneur de réveiller l'assemblée.
11. Sur ce point.
12. Conte de Perrault.
13. Orthographe voulue par la versification.

Pour analyser le document

1. Dites de quoi il est question dans le texte en distinguant bien les différents niveaux de récit et les différents narrateurs.

2. Justifiez le choix du titre « Le Pouvoir des fables » en expliquant la démarche de « l'Orateur ».

3. Dégagez la leçon de la fable et expliquez en quoi elle se rattache à l'idée de « détour ».

ROMAN ÉPISTOLAIRE

CHARLES DE MONTESQUIEU (1689-1755), *Lettres persanes* (1721), lettre XXIV (extrait).

Le roman les Lettres persanes *regroupe la correspondance (fictive) échangée entre des Persans en voyage en France et certains de leurs amis restés en Perse.*

Rica[1] à Ibben[2], à Smyrne[3]

Nous sommes à Paris depuis un mois, et nous avons toujours été dans un mouvement continuel. Il faut bien des affaires avant qu'on soit logé, qu'on ait trouvé les gens à qui on est adressé, et qu'on se soit pourvu des choses nécessaires, qui manquent toutes à la fois.

Paris est aussi grand qu'Ispahan[4]. Les maisons y sont si hautes qu'on jugerait qu'elles ne sont habitées que par les astrologues. Tu juges bien qu'une ville bâtie en l'air, qui a six ou sept maisons les unes sur les autres, est extrêmement peuplée, et que, quand tout le monde est descendu dans la rue, il s'y fait un tel embarras[5].

Tu ne le croirais pas peut-être : depuis un mois que je suis ici, je n'y ai encore vu marcher personne. Il n'y a point de

---
1. Nom de l'auteur supposé de la lettre.
2. Nom du destinataire supposé.
3. Ville où réside Ibben.
4. Ville de Perse (Iran actuel).
5. Problèmes de circulation.

gens au monde qui tirent mieux parti de leur machine que les Français : ils courent ; ils volent. Les voitures lentes d'Asie, le pas réglé de nos chameaux, les feraient tomber en syncope. Pour moi, qui ne suis point fait à ce train, et qui vais souvent à pied sans changer d'allure, j'enrage quelquefois comme un chrétien : car encore passe qu'on m'éclabousse depuis les pieds jusqu'à la tête ; mais je ne puis pardonner les coups de coude que je reçois régulièrement et périodiquement. Un homme qui vient après moi, et qui me passe, me fait faire un demi-tour, et un autre, qui me croise de l'autre côté, me remet soudain où le premier m'avait pris : et je n'ai pas fait cent pas, que je suis plus brisé que si j'avais fait dix lieues[6].

Ne crois pas que je puisse, quant à présent, te parler à fond des mœurs et des coutumes européennes : je n'en ai moi-même qu'une légère idée, et je n'ai eu à peine que le temps de m'étonner.

Le roi de France est le plus puissant prince de l'Europe. Il n'a point de mines d'or comme le roi d'Espagne, son voisin ; mais il a plus de richesses que lui, parce qu'il les tire de la vanité de ses sujets, plus inépuisable que les mines. On lui a vu entreprendre ou soutenir de grandes guerres, n'ayant d'autres fonds que des titres d'honneur à vendre[7], et, par un prodige de l'orgueil humain, ses troupes se trouvaient payées, ses places, munies, et ses flottes, équipées.

D'ailleurs ce roi est un grand magicien : il exerce son empire sur l'esprit même de ses sujets ; il les fait penser comme il veut. S'il n'a qu'un million d'écus dans son trésor, et qu'il en ait besoin de deux, il n'a qu'à leur persuader qu'un écu en vaut

---

6. Une lieue équivaut à 4 kilomètres.
7. Allusion à la vente des titres de noblesse et de charges, la « vénalité des charges ».

III DÉTOURS DU LANGAGE ET DE LA PENSÉE

deux[8], et ils le croient. S'il a une guerre difficile à soutenir, et qu'il n'ait point d'argent, il n'a qu'à leur mettre dans la tête qu'un morceau de papier est de l'argent, et ils en sont aussitôt convaincus. Il va même jusqu'à leur faire croire qu'il les guérit de toutes sortes de maux[9] en les touchant, tant est grande la force et la puissance qu'il a sur les esprits.

Ce que je te dis de ce prince ne doit pas t'étonner : il y a un autre magicien, plus fort que lui, qui n'est pas moins maître de son esprit qu'il l'est lui-même de celui des autres. Ce magicien s'appelle *le Pape*. Tantôt il lui fait croire que trois ne sont qu'un[10], que le pain qu'on mange n'est pas du pain[11], ou que le vin qu'on boit n'est pas du vin, et mille autres choses de cette espèce. [...]

---

8. Allusion à la tentative d'utiliser du papier-monnaie pour remplacer les pièces d'argent et d'or.
9. On attribuait à Louis XIV le pouvoir de guérir certaines maladies.
10. Allusion au dogme de la sainte Trinité dans la religion chrétienne (le Père, le Fils et le Saint Esprit).
11. Allusion à la croyance qui associe le pain au corps du Christ et le vin à son sang.

Pour analyser le document

1. Récapitulez les différents points abordés par l'auteur de la lettre en signalant tout ce qui peut rappeler que son regard est celui d'un étranger.

2. Sur quoi portent les différentes critiques exprimées par l'épistolier ?

3. Expliquez en quoi on peut parler de « détour » dans le genre littéraire choisi et dans l'écriture, et ce que permet cette manière de procéder.

ESSAI

MARTHE ROBERT (1914-1996), *Livre de lectures* (1977), © Éditions Grasset.

Dans un essai consacré à la lecture, M. Robert s'intéresse à ce que révèle, dans la société, le remplacement de certains mots par des expressions qui en atténuent le sens.

Chaque fois que je passe devant l'Hôtel des Invalides[1] – et c'est souvent puisque j'habite tout à côté –, je me demande de quelle façon il aurait été conçu et construit si, en son temps, le mot « invalides » avait été implicitement proscrit du vocabulaire officiel. Sans aller jusqu'à rechercher de mystérieuses correspondances entre l'architecture et les pudeurs de la morale sociale, on peut penser que les remarquables acrobaties linguistiques auxquelles nous nous livrons par respect humain[2] ne sont pas dépourvues des liens avec nos techniques et ce qui nous tient lieu de style. Quoi qu'il en soit de notre peur des mots[3] et des barbarismes[4] qu'elle ne cesse d'inventer, le fait est que pour nous il n'y a plus ni pauvres, ni vieillards, ni primitifs, ni estropiés ; nous ne voulons connaître que des « économiquement faibles », des « personnes du énième âge », des pays « en voie de développement » et des « handicapés », ce qui contribue sûrement à apaiser un peu la mauvaise conscience collective, bien que les intéressés eux-mêmes n'en soient guère soulagés. Faute de pouvoir nettoyer le monde de ses hontes bien réelles, nous évacuons du moins de notre vocabulaire les idiots,

---
1. Monument historique parisien construit à partir de 1670 pour accueillir des militaires invalides.
2. Par souci de ménager les autres.
3. Nos hésitations à aborder certaines réalités à travers les mots qui les expriment.
4. Utilisation erronée de la langue.

III DÉTOURS DU LANGAGE ET DE LA PENSÉE

déshérités, misérables et miséreux, bonnes à tout faire et bons à rien qui, hier encore, y exhibaient les plaies de l'inférieur, du faible, du taré (jusqu'à présent les malades et les morts ont l'air de résister, il est vrai qu'il n'est pas si facile de s'en débarrasser). En somme, poussés par notre délicatesse, nous travaillons à étouffer le scandale d'être en condamnant les mots qui le disent trop clairement à s'effacer devant des mots décents, mais cette substitution ne traduit pas seulement les bonnes et les mauvaises raisons couvertes par le respect humain, elle force aussi à constater que le mot, investi magiquement du même pouvoir que son contenu, reste pour nous l'objet d'un culte superstitieux : nous le croyons toujours capable de déchaîner, ou, s'il est invoqué spécialement à cet effet, de conjurer les forces actives dont il est le signe indifférent. Contrairement à la leçon des linguistes, que nous ne songeons d'ailleurs pas à discuter, nous sommes toujours convaincus intimement que le mot « chien » mord et qu'il peut même devenir enragé. Parler de « pauvre » expose donc à un double danger : c'est invoquer imprudemment les puissances liées à l'argent, contre lesquelles le démuni pourrait fort bien se dresser ; mais c'est aussi attaquer le « riche » en lui lançant à la tête le symbole explosif de sa situation privilégiée – de là « économiquement faible », un composé lui-même trop faible et trop mou pour qu'il y ait lieu de le redouter.

Pour analyser le document

1. Donnez le point de départ de la réflexion de M. Robert et exposez le phénomène linguistique qu'elle analyse.

2. Quelles sont, d'après l'auteur, les motivations qui conduisent à l'utilisation d'euphémismes.

3. Expliquez en quoi on peut parler ici de « détour linguistique » et précisez ce qu'il révèle chez les êtres humains.

Thèmes de réflexion, d'exposé ou de débat

1. Les philosophes du siècle des Lumières ont souvent fait appel au « regard étranger ». Expliquez ce que signifie cette expression et quel est son intérêt dans la critique des comportements et des institutions. Donnez des exemples précis de cette utilisation.

2. Recherchez des euphémismes utilisés pour remplacer certaines réalités de la vie et donnez leurs équivalents.

3. Expliquez pourquoi le texte de La Fontaine (→ DOCUMENT 7, p. 67), celui de Fontenelle (→ DOCUMENT 5, p. 63) et celui de Boileau (→ DOCUMENT 4, p. 61) pourraient figurer aussi dans le chapitre VII.

ESSAI

DOCUMENT 10

MARTINE CHOSSON, *Parlez-vous la langue de bois ?* (2007), chapitre 4, « La valorisation du vide », coll. « Points », © Éditions du Seuil.

De l'artichaut à l'épinard

La langue de bois, c'est comme les artichauts. Moins il y a d'idées, plus il y a de mots. Elle gagne en volume ce qu'elle perd en nutritionnel… À défaut de remplir l'esprit, elle occupe la place, le plus de place possible, et l'assiette ne lui semble jamais assez grande.

Et pour cela, tous les moyens sont bons : rajouter des mots, des subordonnées, des négations, des restrictions, des incises, des parenthèses. C'est la reine de l'expansion. Qu'on lui donne une phrase minimale, elle la métamorphose en circonvolutions proustiennes[1].

La langue de bois aime fondamentalement les adverbes, ceux en -ment particulièrement, bien longs, bien lourds. *Honnêtement, réellement, inévitablement, véritablement.* Elle les aime costauds, la virilité n'est pas pour lui déplaire mais elle ne dédaigne pas pour autant les locutions *en toute franchise, à tout prendre...*

Elle affectionne aussi – que dis-je ? elle affectionne – elle raffole des indéfinis... elle copine avec toute la famille : les adjectifs, les pronoms, les groupes nominaux. Les *un*, les *des* lui paraissent un peu fades, elle leur préfère les *quelques, certains, plusieurs, divers*, les *personne*, les *on*, les *rien* et pourquoi pas les *rien ni personne* !

Le procédé n'est pas récent. En d'autres temps, à certaines époques, on en usa aussi. Dans un vieil *Almanach Mathieu* de 1867, destiné à prédire le temps pour l'année à venir, l'auteur desdites prédictions se vantait de ce que certaines de l'édition 1866 se fussent réalisées au cours de l'année écoulée et citait quelques exemples bien choisis pour mettre en valeur le sérieux de son opuscule[2], exemples où transparaît son amour des indéfinis :

« Vers le 20 ou le 22 novembre, pluie dans une grande partie de la France. »

« Entre le 18 et le 25 décembre, pluie ou neige dans quelques régions. »

« Le dernier quartier de lune qui commencera le 8 avril et finira le 15 donnera sans doute quelques chutes d'eau. »

---
[1]. Phrases longues et complexes, comportant de nombreuses subordonnées, caractéristiques de l'écriture du romancier Marcel Proust (1871-1922), auteur de *À la recherche du temps perdu*.
[2]. Petit ouvrage.

Et finissons par celle-ci, d'une précision redoutable : « Entre le 19 et le 28 juin, beaucoup d'eau dans certaines régions, peu ou point dans d'autres. »

Cet art du pour et du contre est encore bien pratiqué de nos jours. Après l'agression, préméditée ou non, de deux policiers à Corbeil-Essonnes[3], le procureur de la République a pu déclarer : « On penche pour une agression plus ou moins spontanée. » Et Madame Royal n'hésite pas à promettre à son électorat : « Si on me donne le pouvoir, j'en ferai quelque chose. »

On peut lester le discours à l'envi[4] avec *un certain nombre de, un ensemble de circonstances, une panoplie de mesures* : expressions qui semblent apporter de la précision tout en usant d'imprécision. La pensée, qui devrait gagner en nuance et en clarté grâce à un surcroît de mots, se trouve au contraire engluée dans ces ajouts inutiles, vides de significations. Pourtant ces ajouts, *un ensemble de, un train de…*, bien que creux, confèrent une sorte de sérieux aux mots qu'ils alourdissent, semblent les étayer d'une réflexion méthodique, résulter d'une longue analyse ou d'un travail en profondeur là où il n'y a en fait que surface.

La langue de bois n'en a jamais assez. Pour elle, le champagne n'est pas simplement une boisson festive. Non, le champagne *introduit une dimension festive*. Voici de la majesté où il n'y avait que banalité. Un simple banc de pierre sur un bout de bitume permet au bulletin municipal de titrer qu'on a *introduit une dimension conviviale* dans le quartier. Ce n'est pas rien ! L'ajout sert à tout, à valoriser comme à minimiser. Ainsi l'expression *en situation de* se révèle bien pratique. Être *en situation de demandeur d'emploi* n'est pas l'exact synonyme de *demandeur d'emploi*. Le demandeur d'emploi fait un avec son problème, il n'existe plus

---
3. Incident qui a eu lieu en 2007.
4. À qui mieux mieux.

III DÉTOURS DU LANGAGE ET DE LA PENSÉE

en tant qu'être humain. Celui qui se trouve *en situation de* ne fait pas corps avec elle. Il lui reste extérieur. Cela ne va pas durer. Distancer le problème, c'est déjà commencer à le résoudre. *En cessation de* fonctionne très bien aussi. Être *en cessation d'activité*, c'est malgré tout être encore inscrit dans un mouvement, à l'inverse de *sans*, sec, privatif, définitif, absolu. *En cessation de* a la douceur factice d'un édulcorant[5].

---
5. Adoucissant.

Pour analyser le document

1. Sous forme de tableau, récapitulez les caractéristiques de la langue de bois données dans l'extrait, des exemples et les effets produits.

2. Qu'y a-t-il de dangereux dans la langue de bois par rapport à la réalité ?

3. Langue de bois et « détour » : comment s'associent ces deux notions ?

Thème de réflexion, d'exposé ou de débat

Le dictionnaire *Larousse* (2008) définit ainsi la langue de bois : « Manière rigide de s'exprimer en multipliant les stéréotypes et les formules figées, notamment en politique. » Faites une recherche pour constituer un catalogue d'exemples de langue de bois dans les propos qui relèvent du domaine politique. Expliquez ensuite avec précision en quoi on peut parler de « détour » a propos des expressions répertoriées.

DESSIN DE PRESSE

DOCUMENT 11

PLANTU (né en 1951), dessin extrait de *Wolfgang, tu feras informatique !*, Éditions La Découverte / Le Monde (1998), © Plantu.

Pour analyser le document

1. Décrivez ce que vous voyez sur l'image en mettant l'accent sur les oppositions, puis donnez le sens de ce dessin de presse.

2. En quoi ce dessin peut-il s'intégrer à une réflexion sur la notion de « détour » ? En quoi ce dernier consiste-t-il ? Que permet-il dans la situation évoquée ?

POUR L'EXAMEN

Vers la synthèse

DEUX DOCUMENTS

1. Mettez en parallèle le texte de Boileau (→ DOCUMENT 4, p. 61) et celui de Fontenelle (→ DOCUMENT 5, p. 63) : que remarquez-vous ?

2. Comment pourrait se justifier le rapprochement des définitions du *Grand Dictionnaire des Précieuses* (→ DOCUMENT 3, p. 60) et du texte de M. Robert (→ DOCUMENT 9, p. 72) ?

3. Quelles analogies pourriez-vous établir entre le texte de M. Chosson (→ DOCUMENT 10, p. 74) et le dessin de Plantu (→ DOCUMENT 11, p. 78) ?

TROIS DOCUMENTS

4. Sur quels plans peut-on rapprocher le texte de Boileau (→ DOCUMENT 4, p. 61), celui de Fontenelle (→ DOCUMENT 5, p. 63) et le texte de A. de Peretti et F. Muller (→ DOCUMENT 5, p. 178) ?

QUATRE DOCUMENTS

5. Rapprochez les textes de Boileau (→ DOCUMENT 4, p. 61), de La Fontaine (→ DOCUMENT 7, p. 67), de Fontenelle (→ DOCUMENT 5, p. 63) et de Montesquieu (→ DOCUMENT 8, p. 69) pour étudier en quoi ils se rattachent tous les quatre à l'idée de détour. Expliquez ensuite ce que permettent les différents détours effectués.

Vers l'écriture personnelle

Raconter pour argumenter : en quoi les petits récits que constituent les fables, les contes, les digressions, les paraboles contribuent-ils à l'efficacité des argumentations dans lesquelles ils figurent ?

CHAPITRE IV
DÉTOURS ET SENTIMENTS

81 Problématique

■ **TEXTES**

83 **1.** MADELEINE DE SCUDÉRY, *Clélie* (1654-1660)

85 **2.** MOLIÈRE, *Les Femmes savantes* (1672)

88 **3.** JEAN RACINE, *Phèdre* (1677)

91 **4.** PIERRE DE MARIVAUX, *La Surprise de l'amour* (1722)

94 **5.** STENDHAL, *De l'amour* (1820)

97 **6.** ALFRED DE MUSSET, *On ne badine pas avec l'amour* (1834)

98 **7.** EDMOND ROSTAND, *Cyrano de Bergerac* (1897)

103 **8.** MILAN KUNDERA, *La Lenteur* (1995)

■ **IMAGES**

106 **9.** La *Carte de Tendre* (1654-1661) (→ p. III)

107 **10.** ANTOINE WATTEAU, *Le Faux Pas* (XVIIIe siècle) (→ p. IV)

Pour analyser le document : après chaque document
Thèmes de réflexion, d'exposé ou de débat

108 **POUR L'EXAMEN :** *Vers la synthèse* • *Vers l'écriture personnelle*

> « *L'homme croit souvent se conduire lorsqu'il est conduit et pendant que par son esprit il tend à un but, son cœur l'entraîne insensiblement à un autre.* »
>
> La Rochefoucauld, *Maximes*.

■ PROBLÉMATIQUE

Bien avant que les **moralistes** du XVIIe siècle n'érigent cette vérité en formule définitive, on savait que les **sentiments** ne suivent pas la logique de la **raison**. À la rigueur raisonnable et souvent sévère de la seconde, qui canalise les élans et s'efforce de les rendre intelligibles, s'opposent les **méandres** raisonnants et subtils, souvent imprévisibles, de l'affectivité. Le **détour** y règne en maître, révélant non seulement la complexité des situations, mais aussi le difficile exercice de la lucidité, avec l'aide des mots qui tantôt masquent et tantôt trahissent, à l'insu même de ceux qui les prononcent.

Une cartographie des sentiments

L'idée de représenter graphiquement le cheminement et l'évolution des **sentiments** : trajets, parcours, haltes, et même retours en arrière, est explicitée dans un roman de Mlle de Scudéry (→ document 1, p. 83) et matérialisée par une **carte** célèbre (→ document 9, p. 106, et p. III). On peut penser que cette carte indique les chemins qu'il faut nécessairement suivre dans le cadre d'une **codification** historique, culturelle et sociale révélatrice d'une époque. L'exemple rapporté par M. Kundera (→ document 8, p. 103), qui met en scène les phases tortueuses d'un libertinage, montre qu'à chaque époque, l'expression des sentiments et la séduction relèvent de conventions différentes, que l'on peut, ou non, respecter. Mais, plus généralement, on peut considérer cette représentation comme une métaphore de la vie affective assimilée à un territoire plus ou moins défriché et balisé : chacun est libre de suivre les pistes ou de tracer son propre parcours, de brûler les étapes ou de sortir, à ses risques et périls, des sentiers battus pour inventer d'autres itinéraires.

La question des aveux

Il est d'autres circonstances récurrentes de la **vie sentimentale** dans lesquelles c'est moins l'évolution des sentiments que les mots pour le dire qui se trouvent associés à la notion de détour. Les **circonvolutions** du langage que l'on trouve chez Marivaux (→ DOCUMENT 4, p. 91) et chez Stendhal (→ DOCUMENT 5, p. 94) servent essentiellement à cacher, du moins le croit-on, ce qu'en réalité on fait apparaître avec plus de force. On le voit dans le discours que Phèdre tient à son beau-fils (→ DOCUMENT 3, p. 88). L'évocation passionnée de Thésée dévie, par une confusion initialement involontaire, vers un aveu tout aussi brûlant à Hippolyte, dont l'image se superpose à celle de son père dans l'évocation du labyrinthe. Un autre exemple, très représentatif de la **fausse logique des sentiments**, vient du théâtre de Musset (→ DOCUMENT 6, p. 97) : les arguties de Perdican et leur logique entortillée « noient » la réalité de la situation : il est amoureux de Camille, mais ne veut pas l'admettre.

Ainsi se révèlent le caractère complexe de la vie sentimentale et ses analogies avec le labyrinthe : chemins détournés, choix de bifurcations, obstacles, difficultés d'interprétation. Le tableau de Watteau (→ DOCUMENT 10, p. 107, et p. IV) en est un exemple à la fois séduisant et ambigu : faux pas volontaire ou provoqué ? Par qui et dans quel but ? Les intentions prennent parfois des chemins détournés.

IV DÉTOURS ET SENTIMENTS

DOCUMENT 1

ROMAN

MADELEINE DE SCUDÉRY (1601-1667), **Clélie** (1654-1660), partie I, livre 1.

Clélie est un roman fleuve mettant en scène des personnages de l'Antiquité romaine (au VIe siècle avant J.-C.) qui incarnent des contemporains de l'auteur. La Carte de Tendre *(→ p. III), élaborée dans le salon de Mlle de Scudéry, puis insérée dans son roman, illustre les étapes de la vie amoureuse selon les codes et conventions de l'époque.*

Vous vous souvenez sans doute bien, madame[1], qu'Herminius[2] avait prié Clélie[2] de lui enseigner par où l'on pouvait aller de Nouvelle-Amitié à Tendre, de sorte qu'il faut commencer par cette première ville qui est au bas de cette carte pour aller aux autres ; car, afin que vous compreniez mieux le dessein de Clélie, vous verrez qu'elle a imaginé qu'on pouvait avoir de la tendresse par trois causes différentes : ou par une grande estime, ou par reconnaissance, ou par inclination ; et c'est ce qui l'a obligée à établir ces trois villes de Tendre sur trois rivières qui portent ces trois noms et de faire aussi trois routes différentes pour y aller. Si bien que, comme on dit Cumes[3] sur la mer d'Ionie et Cumes[3] sur la mer Tyrrhène, elle fait qu'on dit Tendre-sur-Inclination, Tendre-sur-Estime et Tendre-sur-Reconnaissance. Cependant comme elle a présupposé que la tendresse qui naît par inclination n'a besoin de rien autre chose pour être ce qu'elle est, Clélie, comme vous le voyez, madame, n'a mis nul village le long des bords de cette

---

1. Un personnage du roman, Célère, présente à une princesse la *Carte de Tendre* imaginée par Clélie, l'héroïne du roman (→ DOCUMENT 9, p. 106 et p. III).
2. Herminius et Clélie sont des personnages du roman.
3. Allusion à deux villes d'Italie portant le même nom. On dit actuellement « mer Ionienne » et « mer Tyrrhénienne ».

rivière qui va si vite qu'on n'a que faire de logement le long de ses rives pour aller de Nouvelle-Amitié à Tendre. Mais, pour aller à Tendre-sur-Estime, il n'en est pas de même, car Clélie a ingénieusement mis autant de villages qu'il y a de petites et de grandes choses qui peuvent contribuer à faire naître par estime cette tendresse dont elle entend parler. En effet vous voyez que de Nouvelle-Amitié on passe à un lieu qu'on appelle Grand Esprit, parce que c'est ce qui commence ordinairement l'estime ; ensuite vous voyez ces agréables villages de Jolis Vers, de Billet galant et de Billet doux, qui sont les opérations les plus ordinaires du grand esprit dans les commencements d'une amitié. Ensuite, pour faire un plus grand progrès dans cette route, vous voyez Sincérité, Grand Cœur, Probité, Générosité, Respect, Exactitude et Bonté, qui est tout contre Tendre, pour faire connaître qu'il ne peut y avoir de véritable estime sans bonté et qu'on ne peut arriver à Tendre de ce côté-là sans avoir cette précieuse qualité. Après cela, madame, il faut, s'il vous plaît, retourner à Nouvelle-Amitié pour voir par quelle route on va de là à Tendre-sur-Reconnaissance.

Pour analyser le document

1. Présentez le document en précisant son thème, la forme de discours utilisée et sa fonction (son utilité).

2. Qu'a d'original ce qui est décrit dans le texte ? Sur quoi le document apporte-t-il des informations historiques et sociales ?

3. En quoi le document s'apparente-t-il à la notion de « détour » ?

Thème de réflexion, d'exposé ou de débat

Donnez votre avis personnel et justifié sur la *Carte de Tendre*.

IV DÉTOURS ET SENTIMENTS

THÉÂTRE

Molière (1622-1673), ***Les Femmes savantes*** (1672), acte I, scène 4, vers 273-324.

Bélise est une coquette qui ne pense qu'à séduire. Elle est aussi la tante d'Henriette, jeune fille dont Clitandre est amoureux. La scène suivante fait se rencontrer Bélise et Clitandre.

CLITANDRE

Souffrez, pour vous parler, madame, qu'un amant[1]
Prenne l'occasion de cet heureux moment
Et se découvre à vous de la sincère flamme…

BÉLISE

Ah ! tout beau ! Gardez-vous de m'ouvrir trop votre âme.
5 Si je vous ai su mettre au rang de mes amants,
Contentez-vous des yeux pour vos seuls truchements[2],
Et ne m'expliquez point par un autre langage
Des désirs qui chez moi passent pour un outrage.
Aimez-moi, soupirez, brûlez pour mes appas ;
10 Mais qu'il me soit permis de ne le savoir pas.
Je puis fermer les yeux sur vos flammes secrètes,
Tant que vous vous tiendrez aux muets interprètes[3] ;
Mais, si la bouche vient à s'en vouloir mêler,
Pour jamais de ma vue il vous faut exiler[4].

CLITANDRE

15 Des projets de mon cœur ne prenez point d'alarme.

---
1. Celui qui aime et est aimé.
2. Intermédiaires.
3. Les yeux en langage précieux.
4. Il faut vous éloigner de ma vue.

Henriette, madame, est l'objet qui me charme[5],
Et je viens ardemment conjurer vos bontés
De seconder l'amour que j'ai pour ses beautés.

BÉLISE

Ah ! certes, le détour est d'esprit, je l'avoue.
Ce subtil faux-fuyant mérite qu'on le loue ;
Et, dans tous les romans où j'ai jeté les yeux,
Je n'ai rien rencontré de plus ingénieux.

CLITANDRE

Ceci n'est point du tout un trait d'esprit, madame,
Et c'est un pur aveu de ce que j'ai dans l'âme.
Les cieux, par les liens d'une immuable ardeur,
Aux beautés d'Henriette ont attaché mon cœur ;
Henriette me tient sous son aimable empire,
Et l'hymen d'Henriette[6] est le bien où j'aspire.
Vous y[7] pouvez beaucoup, et tout ce que je veux,
C'est que vous y daigniez favoriser mes vœux.

BÉLISE

Je vois où doucement veut aller la demande,
Et je sais sous ce nom ce qu'il faut que j'entende.
La figure[8] est adroite et, pour n'en point sortir,
Aux choses[9] que mon cœur m'offre à vous repartir[10],
Je dirai qu'Henriette à l'hymen est rebelle,
Et que sans rien prétendre[11] il faut brûler pour elle.

---

5. M'ensorcelle.
6. Le mariage avec Henriette.
7. En cela.
8. Le détour.
9. Parmi les choses.
10. À vous répondre.
11. Sans espérer obtenir quelque chose d'elle.

Clitandre

Eh ! madame, à quoi bon un pareil embarras ?
Et pourquoi voulez-vous penser ce qui n'est pas ?

Bélise

Mon Dieu, point de façons : cessez de vous défendre
De ce que vos regards m'ont souvent fait entendre.
Il suffit que l'on est[12] contente du détour
Dont s'est adroitement avisé votre amour,
Et que, sous la figure[13] où le respect l'engage,
On veut bien se résoudre à souffrir son hommage,
Pourvu que ses transports, par l'honneur éclairés,
N'offrent à mes autels[14] que des vœux épurés.

Clitandre

Mais…

Bélise

Adieu. Pour ce coup, ceci doit vous suffire,
Et je vous ai plus dit que je ne voulais dire.

Clitandre

Mais votre erreur…

Bélise

Laissez. Je rougis maintenant,
Et ma pudeur s'est fait un effort surprenant.

Clitandre

Je veux être pendu si je vous aime, et sage…

---
12. Il suffit que l'on est (= Je) soit…
13. Sous la forme.
14. Terme soulignant la divinisation de l'amour.

Bélise

Non, non, je ne veux rien entendre davantage.
(Elle sort.)

Clitandre

Diantre soit de la folle avec ses visions !
A-t-on rien vu d'égal à ses préventions ?
Allons commettre un autre au soin que l'on me donne,
Et prenons le secours d'une sage personne.

Pour analyser le document

1. Déterminez le thème du dialogue et précisez quel est ici le point de départ d'une situation fréquente au théâtre, dont vous identifierez la nature.

2. Mettez en parallèle l'évolution des propos des deux personnages pour déterminer ce que leurs répliques révèlent chez chacun d'eux.

3. Bélise utilise à plusieurs reprises le mot « détour » : en quoi consiste ce détour, d'après le personnage ? Quel est le « vrai » détour envisagé par Clitandre, avec quels objectifs ?

THÉÂTRE

Jean Racine (1639-1699), *Phèdre* (1677), acte II, scène 5, vers 631-678.

Victime d'une malédiction, Phèdre, l'épouse de Thésée, éprouve une passion dévorante pour Hippolyte, fils né d'un premier mariage de son mari. La scène qui suit se déroule alors que l'on vient d'annoncer la mort de Thésée. Phèdre est très troublée.

IV DÉTOURS ET SENTIMENTS

HIPPOLYTE

Je vois de votre amour l'effet prodigieux.
Tout mort qu'il est, Thésée est présent à vos yeux ;
Toujours de son amour votre âme est embrasée.

PHÈDRE

Oui, Prince, je languis, je brûle pour Thésée.
5 Je l'aime, non point tel que l'ont vu les enfers[1],
Volage adorateur de mille objets divers,
Qui va du Dieu des morts déshonorer la couche[2] ;
Mais fidèle, mais fier, et même un peu farouche,
Charmant, jeune, traînant tous les cœurs après soi,
10 Tel qu'on dépeint nos Dieux, ou tel que je vous voi[3]
Il avait votre port, vos yeux, votre langage.
Cette noble pudeur colorait son visage,
Lorsque de notre Crète il traversa les flots,
Digne sujet des vœux des filles de Minos[4].
15 Que faisiez-vous alors ? Pourquoi, sans Hippolyte,
Des héros de la Grèce assembla-t-il l'élite ?
Pourquoi, trop jeune encor, ne pûtes-vous alors
Entrer dans le vaisseau qui le mit sur nos bords ?
Par vous aurait péri le monstre de la Crète,
20 Malgré tous les détours de sa vaste retraite[5].
Pour en développer l'embarras incertain,
Ma sœur du fil fatal eût armé votre main.
Mais non, dans ce dessein je l'aurais devancée ;

---
1. Allusion à une possible descente aux Enfers de Thésée pour enlever Proserpine, la femme de Pluton.
2. En séduisant Proserpine, épouse du dieu des Enfers Pluton.
3. Orthographe voulue par la rime avec « soi ».
4. Référence au combat contre le Minotaure (voir à ce sujet DOCUMENTS 2 p. 27, 10 p. 47 et p. II). Les filles de Minos sont Phèdre et Ariane.
5. Le labyrinthe (voir DOCUMENTS 2 p. 27, 10 p. 47 et p. II).

L'amour m'en eût d'abord inspiré la pensée.
25 C'est moi, prince, c'est moi, dont l'utile secours
Vous eût du Labyrinthe enseigné les détours.
Que de soins m'eût coûtés cette tête charmante !
Un fil n'eût point assez rassuré votre amante.
Compagne du péril qu'il vous fallait chercher,
30 Moi-même devant vous j'aurais voulu marcher ;
Et Phèdre au Labyrinthe avec vous descendue
Se serait avec vous retrouvée, ou perdue.

Hippolyte

Dieux ! qu'est-ce que j'entends ? Madame, oubliez-vous
Que Thésée est mon père, et qu'il est votre époux ?

Phèdre

35 Et sur quoi jugez-vous que j'en perds la mémoire,
Prince ? Aurais-je perdu tout le soin de ma gloire ?

Hippolyte

Madame, pardonnez. J'avoue, en rougissant,
Que j'accusais à tort un discours innocent.
Ma honte ne peut plus soutenir votre vue ;
40 Et je vais...

Phèdre

Ah ! cruel, tu m'as trop entendue[6].
Je t'en ai dit assez pour te tirer d'erreur.
Hé bien ! connais donc Phèdre et toute sa fureur[7].
J'aime. Ne pense pas qu'au moment que je t'aime,
Innocente à mes yeux, je m'approuve moi-même,
45 Ni que du fol amour qui trouble ma raison

---

6. Comprise.
7. Passion.

IV DÉTOURS ET SENTIMENTS

Ma lâche complaisance ait nourri le poison
Objet infortuné des vengeances célestes,
Je m'abhorre[8] encor plus que tu ne me détestes.

---
8. Je me hais.

Pour analyser le document

1. En prenant appui sur certains mots révélateurs, dites comment évoluent les propos de Phèdre dans la première tirade. Quelles substitutions se mettent alors en place ? Qu'expriment-elles indirectement ?

2. Qu'y a-t-il de différent entre la première et la seconde tirade de Phèdre, après les réactions d'Hippolyte ?

3. En quoi consiste « le détour » dans cette scène ? Comment ce détour peut-il se justifier ?

THÉÂTRE

DOCUMENT 4

PIERRE DE MARIVAUX (1688-1763), *La Surprise de l'amour* (1722), acte III, scène 2.

La comtesse aime Lélio, mais refuse de le reconnaître. Sa suivante, Colombine, s'efforce de lui faire avouer ses sentiments.

COLOMBINE

Vous savez que Monsieur Lélio fuit les femmes ; cela posé, examinons ce qu'il vous dit[1] : *Vous ne m'aimez pas, Madame ; j'en*

---
1. Colombine reprend ici des paroles rapportées par la comtesse. Elle n'était pas présente lorsqu'elles ont été prononcées par Lélio.

suis convaincu, et je vous avouerai que cette conviction m'est absolument nécessaire ; c'est-à-dire : « Pour rester où vous êtes[2], j'ai besoin d'être certain que vous ne m'aimez pas ; sans quoi je décamperais. » C'est une pensée désobligeante, entortillée dans un tour honnête ; cela me paraît assez net.

La Comtesse

Cette fille-là n'a jamais eu d'esprit que contre moi ; mais, Colombine, l'air affectueux et tendre qu'il a joint à cela ?...

Colombine

Cet air-là, Madame, peut ne signifier encore qu'un homme honteux de dire une impertinence, qu'il adoucit le plus qu'il peut.

La Comtesse

Non, Colombine, cela ne se peut pas ; tu n'y étais point ; tu ne lui as pas vu prononcer ces paroles-là ; je t'assure qu'il les a dites d'un ton de cœur attendri. Par quel esprit de contradiction veux-tu penser autrement ? J'y étais : je m'y connais, ou bien Lélio est le plus fourbe de tous les hommes ; et s'il ne m'aime pas, je fais vœu de détester son caractère. Oui, son honneur y est engagé ; il faut qu'il m'aime, ou qu'il soit un malhonnête homme ; car il a donc voulu me faire prendre le change ?

Colombine

Il vous aimait peut-être, et je lui avais dit que vous pourriez l'aimer ; mais vous vous êtes fâchée, et j'ai détruit mon ouvrage. J'ai dit tantôt à Arlequin que vous ne songiez nullement à lui, que j'avais voulu flatter son maître pour me divertir, et qu'enfin Monsieur Lélio était l'homme du monde que vous aimeriez le moins.

---

2. Pour que je reste là où vous êtes.

La Comtesse

Et cela n'est pas vrai. De quoi vous mêlez-vous, Colombine ? Si Monsieur Lélio a du penchant pour moi, de quoi vous avisez-vous d'aller mortifier un homme à qui je ne veux point de mal, que j'estime ? Il faut avoir le cœur bien dur pour donner du chagrin aux gens sans nécessité ! En vérité, vous avez juré de me désobliger.

Colombine

Tenez, Madame, dussiez-vous me quereller, vous aimez cet homme à qui vous ne voulez point de mal. Oui, vous l'aimez.

La Comtesse

Retirez-vous.

Colombine

Je vous demande pardon.

La Comtesse

Retirez-vous, vous dis-je ; j'aurai soin demain de vous payer et de vous renvoyer à Paris.

Colombine

Madame, il n'y a que l'intention de punissable, et je fais serment que je n'ai eu nul dessein de vous fâcher ; je vous respecte et je vous aime, vous le savez.

La Comtesse

Colombine, je vous passe encore cette sottise-là ; observez-vous bien dorénavant.

Colombine, *à part les premiers mots*[3]

Voyons la fin de cela. Je vous l'avoue, une seule chose me

---

[3]. Les premiers mots sont dits à part, en aparté.

45 chagrine : c'est de m'apercevoir que vous manquez de confiance en moi, qui ne veux savoir vos secrets que pour vous servir. De grâce, ma chère maîtresse, ne me donnez plus ce chagrin-là : récompensez mon zèle pour vous, ouvrez-moi votre cœur, vous n'en serez point fâchée.

Pour analyser le document

1. Détaillez les trois étapes et la nature de la « stratégie » mise en place par Colombine pour faire avouer ses sentiments à la comtesse.

2. Expliquez à quels indices le spectateur prend conscience d'un aveu progressif et indirect de la comtesse. Qui prononce cet aveu et à quels signes peut-on voir qu'il correspond à une réalité ?

3. À propos de cet extrait, on peut parler de deux « détours » : explicitez-les. Sont-ils tous les deux volontaires ?

DOCUMENT 5

ESSAI

STENDHAL (**Henry Beyle**, dit) (1783-1842), ***De l'amour*** (1820), chapitre XIII intégral, « Du premier pas, du grand monde, des malheurs ».

Dans l'essai De l'amour, *Stendhal analyse la naissance de l'amour, les étapes de son développement, selon le principe de la « cristallisation*[1] *», et ses différents écueils. Ses propos pourraient conduire à l'élaboration d'une nouvelle « carte » des sentiments.*

Ce qu'il y a de plus étonnant dans la passion de l'amour, c'est le premier pas, c'est l'extravagance du sentiment qui s'opère dans la tête d'un homme.

IV DÉTOURS ET SENTIMENTS

Le grand monde, avec ses fêtes brillantes, sert l'amour comme favorisant ce *premier pas*[1].

Il commence par changer l'admiration simple (n° 1) en admiration tendre (n° 2) : quel plaisir de lui donner des baisers, etc.

Une valse rapide, dans un salon éclairé de mille bougies, jette dans les jeunes cœurs une ivresse qui éclipse la timidité, augmente la conscience des forces et leur donne enfin *l'audace d'aimer*[2]. Car voir un objet[3] très aimable ne suffit pas ; au contraire, l'extrême amabilité décourage les âmes tendres ; il faut le voir, sinon vous aimant, du moins dépouillé de sa majesté.

Qui s'avise de devenir amoureux d'une reine, à moins qu'elle ne fasse des avances ?

Rien n'est donc plus favorable à la naissance de l'amour, que le mélange d'une solitude ennuyeuse et de quelques rares bals rares et longtemps désirés ; c'est la conduite[4] des bonnes mères de famille qui ont des filles.

Le vrai grand monde tel qu'on le trouvait à la cour de France, et qui je crois n'existe plus depuis 1789, était peu favorable à l'amour, comme rendant presque impossibles la *solitude*[2] et le loisir, indispensables pour le travail de la cristallisation[1].

La vie de la cour donne l'habitude de voir et d'exécuter un grand nombre de *nuances*[2], et la plus petite nuance peut être le commencement d'une admiration et d'une passion.

Quand les malheurs propres de l'amour sont mêlés d'autres malheurs (de malheurs de *vanité*[2], si votre maîtresse offense

---
1. Théorie stendhalienne de l'amour selon laquelle celui ou celle qui aime trouve dans toutes les circonstances de *nouvelles perfections* de l'être aimé.
2. Termes en italique dans le texte d'origine.
3. Personne, en langage précieux.
4. C'est ainsi qu'agissent...

votre juste fierté, vos malheurs d'honneur et de dignité personnelle ; de malheurs de santé, d'argent, de persécution politique, etc.), ce n'est qu'en apparence que l'amour est augmenté par ces contretemps ; comme ils[5] occupent à autre chose l'imagination, ils empêchent, dans l'amour espérant[6], les cristallisations, et, dans l'amour heureux, la naissance des petits doutes. La douceur de l'amour et sa folie reviennent quand ces malheurs ont disparu.

Remarquez que les malheurs favorisent la naissance de l'amour chez les caractères légers ou insensibles ; et qu'après sa naissance, si les malheurs sont antérieurs, ils favorisent l'amour en ce que l'imagination, rebutée des autres circonstances de la vie qui ne fournissent que des images tristes, se jette[7] tout entière à opérer la cristallisation.

---

5. Le pronom personnel « ils » désigne les malheurs.
6. L'amour qui espère.
7. Se consacre.

Pour analyser le document

1. Faites la présentation du texte en précisant son thème. Dites ensuite comment est construit le chapitre et quelles relations le lecteur peut établir entre son contenu et son titre.

2. Information, explication, argumentation ? Quelle vous semble être la visée du texte ?

3. Comment le texte se rattache-t-il à la notion de « détour » ?

Thèmes de réflexion, d'exposé ou de débat

1. Recherchez dans l'essai *De l'amour* où et comment se manifeste le phénomène de la cristallisation, à quoi il fait référence, et en quoi il peut être associé à la notion de « détour ».

Chapitre I • Document 5, p. 21
Richard Serra, *The Matter of Time* (détail), exposition organisée au musée Guggenheim de Bilbao (Espagne) en 2005.

Chapitre II • Document 10, p. 47
Maître des Cassoni Campana, *Thésée et le Minotaure* (entre 1510 et 1520).

Chapitre IV • Document 9, p. 106
La *Carte de Tendre*, pour *Clélie* (vers 1654-1661).

Chapitre IV • Document 10, p. 107
Antoine Watteau, *Le Faux Pas* (XVIIIe siècle).

Chapitre V • Document 8, p. 132
Affiche du film de Manuel Poirier, *Western* (1997).

Chapitre V • Document 9, p. 133
L'esprit de nos voyages, page publicitaire du catalogue Allibert (2008).

Chapitre VI • Document 8, p. 158
Affiche contre le passage du TGV dans le pays d'Aix-en-Provence (1990).

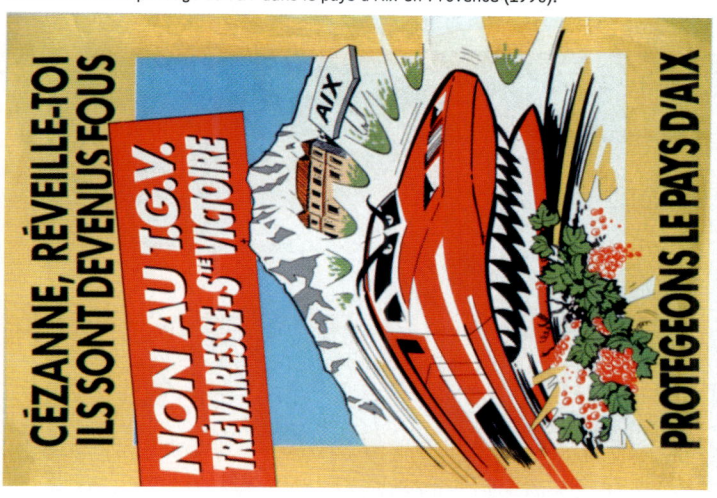

Chapitre VII • Document 7, p. 183
Dolly, la copie génétique d'une brebis adulte.

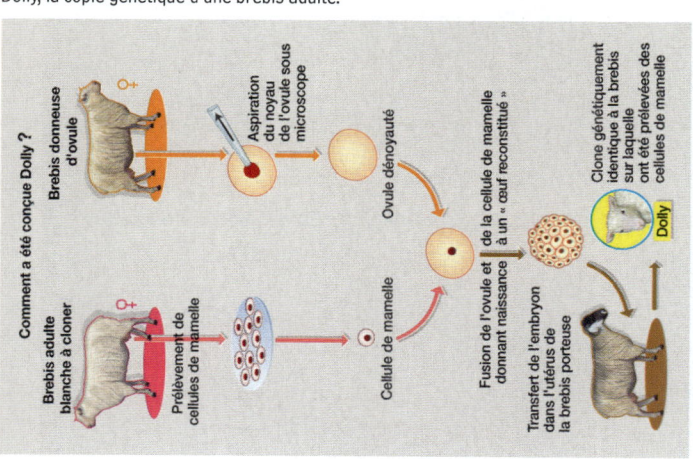

Chapitre VIII • Document 9, p. 207
Si j'étais séropositive ?, campagne de sensibilisation réalisée par l'association AIDES (fin 2006-2007).

2. À partir des observations données par Stendhal, construisez une carte proche de la *Carte de Tendre* pour établir un itinéraire des sentiments amoureux.

THÉÂTRE

ALFRED DE MUSSET (1810-1857), ***On ne badine pas avec l'amour*** (1834), acte III, scène 1.

Le baron a invité dans son château son neveu Perdican et sa nièce Camille, qu'il souhaite marier. Mais Camille ne semble pas intéressée par ce projet et adopte une attitude ambiguë, ce qui provoque les interrogations de Perdican sur ses propres sentiments.

PERDICAN. — Je voudrais bien savoir si je suis amoureux. D'un côté, cette manière d'interroger tant soit peu cavalière pour une fille de dix-huit ans ; d'un autre, les idées que ces nonnes[1] lui ont fourrées dans la tête auront du mal à se corriger. De plus, elle doit partir aujourd'hui. Diable ! je l'aime, cela est sûr. Après tout, qui sait ? peut-être elle répétait une leçon, et d'ailleurs il est clair qu'elle ne se soucie pas de moi. D'une autre part, elle a beau être jolie, cela n'empêche pas qu'elle n'ait des manières beaucoup trop décidées, et un ton trop brusque. Je n'ai qu'à n'y plus penser ; il est clair que je ne l'aime pas. Cela est certain qu'elle est jolie ; mais pourquoi cette conversation d'hier ne veut-elle pas me sortir de la tête ? En vérité j'ai passé la nuit à radoter. – Où vais-je donc ? – Ah ! je vais au village.

---
[1]. Camille a été élevée dans un couvent, comme cela se faisait à l'époque, et on lui a appris à se méfier de l'amour.

Pour analyser le document

1. Dans quelle situation se trouve Perdican et quel est l'objet de son monologue ?

2. Étudiez les indices d'un raisonnement logique, puis montrez que cette logique n'est qu'apparente.

3. Les détours des sentiments : comment se manifestent-ils dans la tirade ? Que mettent-ils en évidence chez Perdican ?

THÉÂTRE

EDMOND ROSTAND (1868-1918), *Cyrano de Bergerac* (1897), acte III, scène 7.

Roxane, une jeune précieuse, aime Christian de Neuvillette, et est passionnément aimée par Cyrano de Bergerac, qui reste dans l'ombre. Dans la scène qui suit, Christian, incapable d'inventer les compliments précieux qu'attend Roxane, est remplacé par Cyrano, caché, qui trouve là une occasion inespérée d'exprimer ses sentiments.

ROXANE
Vous ne m'aviez jamais parlé comme cela[1] !

CYRANO
Ah ! si, loin des carquois, des torches et des flèches,
On se sauvait un peu vers des choses... plus fraîches !
Au lieu de boire goutte à goutte, en un mignon
5   Dé à coudre d'or fin, l'eau fade du Lignon[2],

---
1. Roxane s'adresse à Christian à propos de paroles dites par Cyrano.
2. Allusion au fleuve qui joue un rôle important dans un roman précieux d'Honoré d'Urfé (1567-1625), *L'Astrée*.

IV DÉTOURS ET SENTIMENTS

Si l'on tentait de voir comment l'âme s'abreuve
En buvant largement à même le grand fleuve !

ROXANE

Mais l'esprit[3] ?...

CYRANO

        J'en ai fait pour vous faire rester
D'abord, mais maintenant ce serait insulter
Cette nuit, ces parfums, cette heure, la Nature,
Que de parler comme un billet doux de Voiture[4] !
— Laissons, d'un seul regard de ses astres, le ciel
Nous désarmer de tout notre artificiel :
Je crains tant que parmi notre alchimie exquise
Le vrai du sentiment ne se volatilise,
Que l'âme ne se vide à ces passe-temps vains,
Et que le fin du fin ne soit la fin des fins[5] !

ROXANE

Mais l'esprit ?...

CYRANO

        Je le hais, dans l'amour ! C'est un crime
Lorsqu'on aime de trop prolonger cette escrime !
Le moment vient d'ailleurs inévitablement,
— Et je plains ceux pour qui ne vient pas ce moment !
Où nous sentons qu'en nous une amour noble existe
Que chaque joli mot que nous disons rend triste !

ROXANE

Eh bien ! si ce moment est venu pour nous deux,

---
3. Roxane, comme les précieuses, attend de son amoureux qu'il fasse preuve d'esprit.
4. Poète précieux (1597-1658).
5. Que la recherche de la subtilité ne conduise à rien.

25 Quels mots me direz-vous ?

> CYRANO

> Tous ceux, tous ceux, tous ceux
Qui me viendront, je vais vous les jeter, en touffe,
Sans les mettre en bouquets : je vous aime, j'étouffe,
Je t'aime, je suis fou, je n'en peux plus, c'est trop ;
Ton nom est dans mon cœur comme dans un grelot,
30 Et comme tout le temps, Roxane, je frissonne,
Tout le temps, le grelot s'agite, et le nom sonne !
De toi, je me souviens de tout, j'ai tout aimé :
Je sais que l'an dernier, un jour, le douze mai,
Pour sortir le matin tu changeas de coiffure !
35 J'ai tellement pris pour clarté ta chevelure
Que, comme lorsqu'on a trop fixé le soleil,
On voit sur une chose ensuite un rond vermeil,
Sur tout, quand j'ai quitté les feux dont tu m'inondes,
Mon regard ébloui pose des taches blondes !

> ROXANE, *d'une voix troublée.*

40 Oui, c'est bien de l'amour...

> CYRANO

> Certes, ce sentiment
Qui m'envahit, terrible et jaloux, c'est vraiment
De l'amour, il en a toute la fureur triste !
De l'amour, — et pourtant il n'est pas égoïste !
Ah ! que pour ton bonheur je donnerais le mien,
45 Quand même tu devrais n'en savoir jamais rien,
S'il se pouvait, parfois, que de loin, j'entendisse
Rire un peu le bonheur né de mon sacrifice !
— Chaque regard de toi suscite une vertu
Nouvelle, une vaillance en moi ! Commences-tu

À comprendre, à présent ? voyons, te rends-tu compte ?
Sens-tu mon âme, un peu, dans cette ombre qui monte ?...
Oh ! mais vraiment, ce soir, c'est trop beau, c'est trop doux !
Je vous dis tout cela, vous m'écoutez, moi, vous !
C'est trop ! Dans mon espoir même le moins modeste,
Je n'ai jamais espéré tant ! Il ne me reste
Qu'à mourir maintenant ! C'est à cause des mots
Que je dis qu'elle tremble entre les bleus rameaux !
Car vous tremblez, comme une feuille entre les feuilles !
Car tu trembles ! car j'ai senti, que tu le veuilles
Ou non, le tremblement adoré de ta main
Descendre tout le long des branches du jasmin !
Il baise éperdument l'extrémité d'une branche pendante.

ROXANE

Oui, je tremble, et je pleure, et je t'aime, et suis tienne !
Et tu m'as enivrée !

CYRANO

                Alors, que la mort vienne !
Cette ivresse, c'est moi, moi, qui l'ai su causer !
Je ne demande plus qu'une chose...

CHRISTIAN, *sous le balcon.*
                Un baiser !

ROXANE, *se rejetant en arrière.*

Hein ?

CYRANO

Oh !

ROXANE

Vous demandez ?

Cyrano
Oui... je...
À Christian, bas.
Tu vas trop vite.

Christian
Puisqu'elle est si troublée, il faut que j'en profite !

Pour analyser le document

1. Quelle progression le lecteur peut-il percevoir chez chaque personnage à travers ce que chacun dit ? En particulier, que peut-on remarquer dans les propos de Cyrano ? Quel effet ont-ils sur Roxane ?

2. Qu'y a-t-il à la fois d'émouvant et de tragique dans la scène ?

3. En quoi peut-on parler ici de « détour » et de « détournement » ?

Thèmes de réflexion, d'exposé ou de débat

1. Récapitulez et explicitez différentes situations de « détour » au théâtre. Montrez que les détours des situations et ceux du langage sont associés à ceux des sentiments.

2. Pourquoi le « langage du cœur » est-il souvent caractérisé par les détours ?

3. Trouvez et exposez des exemples de situations dans lesquelles il n'est pas possible de s'exprimer sans détours.

4. Qu'est-ce qui fait que le théâtre est particulièrement favorable à la mise en place de « détours sentimentaux » et de détours du langage ?

IV DÉTOURS ET SENTIMENTS

ESSAI

DOCUMENT 8

MILAN KUNDERA (né en 1929), ***La Lenteur*** (1995), chapitre 9, coll. « Folio », © Éditions Gallimard.

Dans l'essai La Lenteur, *l'écrivain M. Kundera oppose la lenteur de la vie au XVIIIe siècle à la précipitation frénétique (et parfois fascinante) de la vie moderne. Le passage qui suit évoque une rencontre romanesque qui prend la forme d'une scène de séduction.*

Véra[1] dort déjà ; j'ouvre la fenêtre qui donne sur le parc et je pense au parcours qu'ont effectué madame de T. et son jeune chevalier[2] après être sortis du château dans la nuit, à cet inoubliable parcours en trois étapes.

5   Première étape : ils se promènent, les bras entrelacés, conversent, puis trouvent un banc sur la pelouse et s'assoient, toujours entrelacés, toujours conversant. La nuit est enlunée[3], le jardin descend en terrasses vers la Seine dont le murmure se joint au murmure des arbres. Essayons de capter quelques
10 fragments de la conversation. Le chevalier demande un baiser. Madame de T. répond : « Je le veux bien : vous seriez trop fier si je le refusais. Votre amour-propre vous ferait croire que je vous crains[4]. »

Tout ce que dit madame de T. est le fruit d'un art, l'art de
15 la conversation, qui ne laisse aucun geste sans commentaire et travaille son sens ; cette fois-ci, par exemple, elle concède au chevalier le baiser qu'il sollicite, mais après avoir imposé à son consentement sa propre interprétation : si elle se laisse

---
1. Véra est l'épouse de celui qui parle.
2. Les personnages évoqués sont ceux d'une nouvelle de l'écrivain Vivant Denon (1747-1825).
3. Illuminée par la lumière de la lune.
4. Le texte entre guillemets est emprunté à la nouvelle.

embrasser ce n'est que pour ramener l'orgueil du chevalier à sa juste mesure.

Quand, par un jeu de l'intellect, elle transforme un baiser en acte de résistance, personne n'est dupe, pas même le chevalier, mais il doit pourtant prendre ces propos très au sérieux car ils font partie d'une démarche de l'esprit à laquelle il faut réagir par une autre démarche de l'esprit. La conversation n'est pas un remplissage du temps, au contraire c'est elle qui organise le temps, qui le gouverne et qui impose ses lois qu'il faut respecter.

La fin de la première étape de leur nuit : le baiser qu'elle avait accordé au chevalier pour qu'il ne se sente pas trop fier a été suivi d'un autre, les baisers « se pressaient, ils entrecoupaient la conversation, ils la remplaçaient[4]... ». Mais voilà qu'elle se lève et décide de prendre le chemin du retour.

Quel art de la mise en scène ! Après la première confusion des sens, il a fallu montrer que le plaisir d'amour n'est pas encore un fruit mûr ; il a fallu hausser son prix, le rendre plus désirable ; il a fallu créer une péripétie, une tension, un suspense. En retournant vers le château avec le chevalier, madame de T. simule une descente dans le néant, sachant bien qu'au dernier moment elle aura tout le pouvoir de renverser la situation et de prolonger le rendez-vous. Il suffira pour cela d'une phrase, d'une formule comme l'art séculaire de la conversation en connaît des dizaines. Mais par une sorte de conspiration inattendue, par un imprévisible manque d'inspiration, elle est incapable d'en trouver une seule. Elle est comme un acteur qui aurait subitement oublié son texte. Car, en effet, il lui faut connaître le texte ; ce n'est pas comme aujourd'hui où une jeune fille peut dire, tu le veux, moi je le veux, ne perdons pas de temps ! Pour eux, cette franchise demeure derrière une barrière qu'ils ne peuvent franchir en dépit de toutes leurs

IV DÉTOURS ET SENTIMENTS

convictions libertines[5]. Si, ni à l'un ni à l'autre, aucune idée ne vient à temps, s'ils ne trouvent aucun prétexte pour continuer leur promenade, ils seront obligés, par la simple logique de leur silence, de rentrer dans le château et là de prendre congé l'un de l'autre. Plus ils voient tous les deux l'urgence de trouver un prétexte pour s'arrêter et de le nommer à haute voix, et plus leur bouche est comme cousue : toutes les phrases qui pourraient leur venir en aide se cachent devant eux qui désespérément les appellent au secours. C'est pourquoi, arrivés près de la porte du château, « par un mutuel instinct, nos pas se ralentissaient ».

Heureusement, au dernier moment, comme si le souffleur s'était enfin réveillé, elle retrouve son texte : elle attaque le chevalier : « Je suis peu contente de vous[4]... ». Enfin, enfin ! Tout est sauvé ! Elle se fâche ! Elle a trouvé le prétexte à une petite colère simulée qui prolongera leur promenade : elle était sincère avec lui ; alors pourquoi ne lui a-t-il pas dit un seul mot de sa bien-aimée, de la Comtesse[6] ? Vite, vite, il faut s'expliquer ! Il faut parler ! La conversation est renouée et ils s'éloignent à nouveau du château par un chemin qui, cette fois-ci, les mènera sans embûches à l'étreinte d'amour.

---

4. Le texte entre guillemets est emprunté à la nouvelle.
5. Leurs manières de se libérer des règles morales.
6. Le chevalier est amoureux de la comtesse. C'est madame de T, qui, au sortir du théâtre, l'a invité à la suivre.

Pour analyser le document

1. Présentez le texte en précisant son thème et en le rattachant au titre de l'œuvre.

2. Retrouvez dans le texte une phrase qui permet d'opposer deux modes de séduction correspondant à deux époques différentes.

3. Expliquez en quoi consistent ici la lenteur et le « détour », et montrez qu'ils sont indissociables de conventions dont vous direz à quoi elles s'appliquent.

Thème de réflexion, d'exposé ou de débat

En vous inspirant du document 1 page 83 et de la *Carte de Tendre* (DOCUMENT 9 ci-dessous et p. III), reconstituez l'itinéraire géographique et sentimental des deux personnages du texte de M. Kundera.

DOCUMENT 9

GRAVURE

La **Carte de Tendre**, illustration du roman de Mlle de Scudéry, *Clélie* (vers 1654-1661), gravée par François Chauveau (1613-1676), Paris, Bibliothèque nationale de France. Ph © Archives Hatier. (→ p. III)

Cette carte est celle qui est présentée et expliquée dans le document 1, p. 83.

Pour analyser le document

1. Décrivez le document en soulignant tout ce qui l'apparente à une vraie carte de géographie.

2. Dites ensuite quelles sont les particularités du document ; en quoi s'agit-il d'une « géographie » particulière ?

3. Que révèle cette carte en ce qui concerne la vie affective ? Quelle(s) fonction(s) peut-on lui attribuer ?

IV DÉTOURS ET SENTIMENTS

PEINTURE

DOCUMENT 10

ANTOINE WATTEAU (1684-1721), *Le Faux Pas* (XVIIIe siècle), huile sur toile, 40 x 31,5 cm, Paris, musée du Louvre. Ph © Christian Jean / RMN. (→ p. IV)

Pour analyser le document

1. Décrivez ce que vous voyez sur l'image en insistant sur sa composition et sur ses couleurs. Qu'est-ce qui est mis en relief ?

2. Quelles sont les relations entre le titre et ce qui est représenté ?

3. De quelle manière ce tableau peut-il évoquer ou illustrer la notion de « détour » ?

Thème de réflexion, d'exposé ou de débat

Antoine Watteau et Jean-Honoré Fragonard sont deux peintres du XVIIIe siècle, auteurs de scènes galantes. Choisissez plusieurs tableaux de ces peintres et présentez-les en expliquant en quoi les scènes représentées renvoient à la notion de détour.

POUR L'EXAMEN

Vers la synthèse

Deux documents

1. Expliquez en quoi on peut rapprocher l'extrait du *Grand dictionnaire des Précieuses* (→ DOCUMENT 3, p. 60) et le texte de Molière (→ DOCUMENT 2, p. 85).

2. Rapprochez l'extrait des *Femmes savantes* (→ DOCUMENT 2, p. 85) et l'extrait de *Phèdre* (→ DOCUMENT 3, p. 88) pour mettre en évidence ce qu'ils ont en commun sur le plan du détour du langage.

Trois documents

3. Qu'ont en commun les définitions du *Grand Dictionnaire des Précieuses* (→ DOCUMENT 3, p. 60), l'extrait des *Femmes savantes* de Molière (→ DOCUMENT 2, p. 85) et le portrait de La Bruyère (→ DOCUMENT 6, p. 65) ?

4. Mettez en parallèle l'extrait du *Grand Dictionnaire des Précieuses* (→ DOCUMENT 3, p. 60), l'extrait de *Phèdre* (→ DOCUMENT 3, p. 88) et l'extrait du *Livre de lectures* (→ DOCUMENT 9, p. 72) pour montrer que les « détours » du langage – dont vous soulignerez la diversité – n'ont pas toujours la même finalité.

5. Précisez la nature et les fonctions des « détours » que l'on peut observer ou dont il est question dans les documents suivants : *Grand Dictionnaire des Précieuses* (→ DOCUMENT 3, p. 60), *Lettres persanes* (→ DOCUMENT 8, p. 69), extrait du *Livre de lectures* (→ DOCUMENT 9, p. 72).

6. Rapprochez le texte de M. Kundera (→ DOCUMENT 8, p. 103), l'extrait des *Liaisons dangereuses* (→ DOCUMENT 3, p. 194) et le tableau de Watteau (→ DOCUMENT 10, p. 107 et p. IV) pour étudier ce qu'ont en commun ces trois « illustrations » de la notion de détour.

Vers l'écriture personnelle

Sujet 1

Les sentiments amoureux suivent-ils des itinéraires « balisés » différents selon les époques ? Vous répondrez à cette question de manière personnelle, en appuyant votre réflexion sur des documents divers.

Sujet 2

Serait-il utile, d'après vous, d'établir une carte moderne des itinéraires de la vie affective ?

Sujet 3

Dans l'extrait de *La Lenteur*, M. Kundera évoque une manière très directe de s'exprimer dans une situation amoureuse. Plusieurs scènes de théâtre montrent, à des époques diverses, des manières détournées de s'exprimer : de quel côté va votre préférence ? Justifiez votre choix personnel en vous appuyant sur des exemples précis.

Sujet 4

Les détours qui caractérisent la vie affective, notamment sur le plan des paroles, relèvent-ils toujours de la sincérité ? Vous répondrez à cette question en prenant appui sur des exemples tirés de la vie et sur d'autres, venus du théâtre ou des romans.

CHAPITRE V
BIENFAITS DE L'ERRANCE ET DE LA LENTEUR

111 Problématique

■ **TEXTES**

113 **1.** JEAN-JACQUES ROUSSEAU, *Les Rêveries du promeneur solitaire* (1776-1778)

116 **2.** VICTOR SEGALEN, *L'Équipée* (1929)

118 **3.** JACQUES LACARRIÈRE, *Chemin faisant* (1977)

121 **4.** BRUCE CHATWIN, *Anatomie de l'errance* (1996)

123 **5.** CATHERINE BERTHO-LAVENIR, *Les Cahiers de médiologie* (1998), « L'échappée belle »

126 **6.** CARL HONORÉ, entretien accordé à *L'Expressmag* (15-09-2005)

129 **7.** BRUNO ASKENAZI, TPE-PME.com, « Le tourisme se met au vert » (2008)

■ **IMAGES**

132 **8.** Affiche du film de MANUEL POIRIER, *Western* (1997) (→ p. V)

133 **9.** *Allibert. L'esprit de nos voyages.* Page publicitaire du catalogue pour les voyages Allibert (2008) (→ p. VI)

Pour analyser le document : après chaque document
Thèmes de réflexion, d'exposé ou de débat

134 **POUR L'EXAMEN :** *Vers la synthèse* • *Vers l'écriture personnelle*

> « *Et ceux qui ne marchent que fort lentement peuvent avancer beaucoup davantage, s'ils suivent le droit chemin, que ne font ceux qui courent et qui s'en éloignent.* »
> René Descartes, *Le Discours de la méthode*.

■ PROBLÉMATIQUE

Par insouciance, le lièvre de la fable n'a pas gagné la course contre la tortue, malgré un sérieux avantage anatomique. Mais il s'est offert le plaisir du **vagabondage** et du **farniente**, le goût des plantes sauvages et l'agrément du **paysage**. En un mot, il a privilégié les **détours** et donné à chacun une belle leçon d'épicurisme. Serions-nous capables, à l'époque de la vitesse devenue mode de vie, de la productivité intensive, des cadences infernales, des records sportifs mesurés en centièmes de seconde, de la précipitation en tout genre, de mettre cette leçon en application ? Comment et pourquoi faire l'éloge de la **lenteur** et de l'**errance** ?

Les charmes de la lenteur

Les réponses à ces questions nous sont données par les propos de voyageurs qui ont expérimenté l'aventure pédestre, analysé les premières équipées à bicyclette ou qui s'intéressent aux nouvelles formes du tourisme écologique. Tous disent le plaisir de découvertes simples, naturelles, authentiques. Pour J.-J. Rousseau (→ DOCUMENT 1, p. 113), qui a plusieurs fois vanté les voyages à pied et qui en a effectué plus d'un, l'agrément venait des paysages traversés, puis, lorsqu'il herborisait, des plantes observées. Ajoutons, avec lui, que la promenade qui laisse **vagabonder** l'esprit lui laisse aussi tout loisir de rêver, de réfléchir, de se laisser imprégner et inspirer par les spectacles de la nature. Pour J. Lacarrière (→ DOCUMENT 3, p. 118), qui parcourut mille kilomètres à pied, le voyage lent et solitaire est avant tout une rencontre avec soi-même, qui offre, au bout du compte, une meilleure connaissance de ceux que l'on croise en chemin. B. Chatwin (→ DOCUMENT 4, p. 121), qui affirme que jamais l'homme n'a été réellement sédentaire, fait du **nomadisme** et du **dépaysement** les éléments fondamentaux d'un équilibre humain proche du bonheur. Évoquant les premières randonnées cyclotouristes, C. Bertho-Lavenir (→ DOCUMENT 5, p. 123) rapporte quel pouvait être le plaisir de ceux qui, à la fin du XIXe siècle, s'aventuraient à l'intérieur de régions peu connues, gorges sombres et routes de montagne tout juste ouvertes à la circulation, à la recherche d'une France à la fois inconnue et reconnaissable. B. Askenazi (→ DOCUMENT 7, p. 129) évoque ce **nouveau tourisme** illustré par l'affiche publicitaire des voyages Allibert (→ DOCUMENT 9, p. 133 et p. VI) : lent, observateur, à un rythme humain et **respectueux de l'environnement**, il se démarque des concentrations vacancières et des routes trop fréquentées, qui servent seulement à relier deux destinations, et non à découvrir et à apprécier des lieux.

Un monde agrandi

Une certaine **nostalgie** accompagne ces éloges de l'errance et de la lenteur, comme si l'on évoquait le passé, mais il s'en dégage surtout un désir de mieux connaître ce qui nous entoure, ce dont nous partageons l'existence, d'en saisir la valeur et de le préserver. Baudelaire jugeait amère l'expérience du voyage, accusé de monotonie, mais rien ne vaut les **voyages lents** et leurs **détours** pour entrer dans un monde agrandi et mystérieux.

V BIENFAITS DE L'ERRANCE ET DE LA LENTEUR

RÉCIT AUTOBIOGRAPHIQUE

DOCUMENT 1

JEAN-JACQUES ROUSSEAU (1712-1778), ***Les Rêveries du promeneur solitaire*** (1776-1778), « Seconde promenade ».

Les Rêveries du promeneur solitaire retracent les promenades de J.-J. Rousseau aux alentours de Paris à la fin de sa vie. Elles sont l'occasion de réflexions qui prennent souvent la forme de digressions.

Le jeudi 24 octobre 1776, je suivis après dîner[1] les boulevards jusqu'à la rue du Chemin-Vert[2] par laquelle je gagnai les hauteurs de Ménilmontant[3], et de là prenant les sentiers à travers les vignes et les prairies, je traversai jusqu'à Charonne[3] le riant paysage qui sépare ces deux villages, puis je fis un détour pour revenir par les mêmes prairies en prenant un autre chemin. Je m'amusais à les parcourir avec ce plaisir et cet intérêt que m'ont toujours donnés les sites agréables, et m'arrêtant quelquefois à fixer[4] des plantes dans la verdure. J'en aperçus deux que je voyais assez rarement autour de Paris et que je trouvai très abondantes dans ce canton-là. L'une est le *pricris hieraciodes*[5] de la famille des composées, et l'autre le *buplevrum falcatum*[6] de celle des ombellifères. Cette découverte me réjouit et m'amusa très longtemps et finit par celle d'une plante encore plus rare, surtout dans un pays élevé, savoir le *cerastium aquaticum*[7] que, malgré l'accident qui m'arriva le

---
1. Le dîner désigne le repas de midi.
2. Au nord-est de Paris.
3. Villages proches du Paris de cette époque.
4. Regarder avec attention.
5. Plante à fleurs jaunes appelée picride.
6. Autre plante à fleurs jaunes disposées comme un parasol.
7. Plante à fleurs blanches poussant dans les fossés.

même jour, j'ai retrouvé dans un livre que j'avais sur moi et placé dans mon herbier[8].

Enfin après avoir parcouru en détail plusieurs autres plantes que je voyais encore en fleurs, et dont l'aspect et l'énumération qui m'était familière me donnaient néanmoins toujours du plaisir, je quittai peu à peu ces menues observations pour me livrer à l'impression non moins agréable mais plus touchante que faisait sur moi l'ensemble de tout cela. Depuis quelques jours on avait achevé la vendange ; les promeneurs de la ville s'étaient déjà retirés ; les paysans aussi quittaient les champs jusqu'aux travaux d'hiver. La campagne encore verte et riante, mais défeuillée en partie et déjà presque déserte, offrait partout l'image de la solitude et des approches de l'hiver. Il résultait de son aspect un mélange d'impression douce et triste trop analogue à mon âge et à mon sort pour que je ne m'en fisse pas l'application. Je me voyais au déclin d'une vie innocente et infortunée, l'âme encore pleine de sentiments vivaces et l'esprit encore orné de quelques fleurs, mais déjà flétries par la tristesse et desséchées par les ennuis. Seul et délaissé, je sentais venir le froid des premières glaces, et mon imagination tarissante[9] ne peuplait plus ma solitude d'êtres formés selon mon cœur. Je me disais en soupirant : qu'ai-je fait ici-bas ? J'étais fait pour vivre, et je meurs sans avoir vécu. Au moins ce n'a pas été ma faute, et je porterai à l'auteur de mon être, sinon l'offrande des bonnes œuvres qu'on ne m'a pas laissé faire, du moins un tribut[10] de bonnes intentions frustrées[11], de sentiments sains mais rendus sans effet, et d'une patience à l'épreuve des mépris des hommes. Je m'attendrissais sur ces réflexions, je récapitulais les mouvements de mon âme dès ma jeunesse, et pendant

---
8. Une des occupations de J.-J. Rousseau pendant ses promenades est d'herboriser.
9. En voie d'épuisement.
10. Un ensemble considéré comme une dette à payer.
11. Trompées

mon âge mûr, et depuis qu'on m'a séquestré[12] de la société des hommes, et durant la longue retraite dans laquelle je dois achever mes jours. Je revenais avec complaisance sur toutes les affections de mon cœur, sur ses attachements si tendres mais si aveugles, sur les idées moins tristes que consolantes dont mon esprit s'était nourri depuis quelques années, et je me préparais à les rappeler assez pour les décrire avec un plaisir presque égal à celui que j'avais pris à m'y livrer. Mon après-midi se passa dans ces paisibles méditations, et je m'en revenais très content de ma journée, quant au fort de ma rêverie j'en fus tiré par l'événement qui me reste à raconter.

Pour analyser le document

1. Donnez les caractéristiques du premier paragraphe : thème, forme de discours. Dans quel état psychologique se trouve celui qui parle ?

2. En quoi le second paragraphe est-il différent du premier tout en constituant sa suite ? Donnez les particularités de ce paragraphe – thème, structure, état de sensibilité de J.-J. Rousseau – et retrouvez ce qui le rattache au titre de l'œuvre : *Les Rêveries du promeneur solitaire*.

3. En quoi peut-on parler ici de « détour » ? Que permet la promenade ? Par quel mot pourrait-on désigner le second paragraphe ?

Thème de réflexion, d'exposé ou de débat

Le XVIIIe siècle a compté un nombre important de grands voyages d'exploration accomplis par des navigateurs européens. Retrouvez quelques grandes expéditions de cette époque. Précisez leurs dates, leurs objectifs et le nom de ceux qui les ont dirigés.

---
12. J.-J. Rousseau avait le sentiment d'être rejeté et tenu à part par ses contemporains.

RÉCIT AUTOBIOGRAPHIQUE

VICTOR SEGALEN (1878-1919), ***L'Équipée*** (1929, publication posthume), chapitre 7.

Dans L'Équipée, *V. Ségalen raconte un voyage en Chine où se mêlent, dans un langage poétique, le réel et l'imaginaire et où s'expriment le poète et le voyageur, tantôt associés, tantôt dissociés.*

ME VOICI ENFIN À PIED D'ŒUVRE[1], au pied du mont qu'il faut gravir. J'entends *souffler*[1] de grands mots assomptionnels[2] ; et le vent des cimes, et la contemplation de la vallée, la conquête de la hauteur, le coup d'aile... Cette exaltation vaudra-t-elle, à l'expertise[3], un seul coup de jambes sur le roc ? Je suis bel et bien au pied du mont. Du poète ou de l'alpiniste, lequel portera l'autre ou s'essoufflera le plus vite ?

Déjà je m'aperçois que l'un et l'autre ont été prévenus, dépassés, devancés. Cette montagne a déjà servi. La vierge cime n'est plus impénétrée. Beau début pour le poète qui, laissé libre, renâclerait tout aussitôt. N'importe : l'autre marche et va bon train dans le sentier. Le sentier, qui ne monte nullement tout d'abord, mais revient vers la vallée. Il faut donc accepter la route piétinée, même descendante, – car il n'y en a point d'autre, mais déjà elle se relève et prend un élan recueilli[4]. Que c'est allégeant[5] de monter, de sentir le poids du corps soupesé,

---

1. La première phrase de chaque chapitre est écrite en capitales d'imprimerie. Le verbe *souffler* est en italique dans le texte d'origine.
2. Dans la religion catholique, l'Assomption est l'élévation miraculeuse de la Vierge au ciel.
3. Si l'on fait une évaluation de ce qui est exprimé par les mots en relation avec l'action accomplie.
4. Caractérisé par le recueillement. L'auteur emploie plusieurs fois des termes de connotation religieuse.
5. Que cela rend plus léger.

V BIENFAITS DE L'ERRANCE ET DE LA LENTEUR

lancé, gagné à chaque pas... Même je le lance un peu plus fort et un peu plus loin qu'il n'est besoin...

Et pourquoi ne pas monter tout d'un coup et courir tout d'une traite ? et d'un bon coup de talon dompter l'obstacle élastique et portant ? L'idée en est si bonne que je la suis et perds le chemin. Je me débats dans des buissons piquants où les clochettes des mules méthodiques me rejoignent. À cent pas d'ici, sur la bonne route, les mules montent, passent et s'en vont de leur effort quotidien : deux cents livres[6], douze heures durant ; et je ne porte rien que mon corps. Je n'ai aucune grâce[7] à sauter ainsi à l'aventure. Je les suivrai.

Mais, où vont-elles ? La cime à surmonter est droit au sud... et les voilà pointant vers des cardinaux moins nobles[8]... J'arrête tout net le convoi.

– Où va-t-on ?

Et le chef des muletiers me montre bien le sud, que couronne le grand astre de midi.

– Alors, pourquoi pas droit au sud ?

Il ne sourit pas et disparaît obliquement. Il prend l'obstacle à la détournée... Le laisser aller ? Lui dire qu'il me trompe dans mon jeu franc ? Qu'il tourne le problème pour lequel je me suis rendu ici ?

« Se rendre ! » N'interrogeons plus les mots ou bien ils crèveront d'avoir été gonflés de tant de sens encombrants... Cet homme s'en va noblement par ses chemins tortueux... Mais j'imaginais tout autre la domination divine de la montagne : jeter un pont d'air brillant de glace et planer en respirant si puissamment que chaque haleinée soulève et porte... je n'en suis pas encore là...

---

6. Chargement d'une mule : cent kilogrammes.
7. Aucune beauté / aucun mérite. Le terme est polysémique.
8. Les autres points cardinaux.

Pour analyser le document

1. Comment se révèlent, dans le texte, différentes manières de voyager ?

2. Montrez comment se mêlent, dans le récit, ce qui relève du voyage et ce qui relève de la réflexion sur les mots.

3. Comment le texte se rattache-t-il à la notion de « détour », de lenteur et d'errance ?

RÉCIT AUTOBIOGRAPHIQUE

JACQUES LACARRIÈRE (né en 1925), *Chemin faisant* (1977), © Éditions Fayard.

Dans un ouvrage sous-titré « Du Morvan au Gévaudan, mille kilomètres à pied à travers la France », Jacques Lacarrière évoque le « monde de l'errance » et ce qu'apportent les voyages solitaires.

Ce monde de l'errance n'est jamais mort ni en nous, ni autour de nous. Qu'il ait ou non un but et des repères précis – dans les pèlerinages ou les déplacements des compagnons[1] – ou des repères imprécis – chez les missionnaires, les frères prêcheurs[2], les métiers ambulants d'autrefois – il n'a cessé au cours des siècles de fasciner ou d'horrifier, d'inspirer la crainte ou l'admiration. L'histoire fondamentale des rapports très complexes entretenus entre les sédentaires et les nomades, cette histoire reste encore à faire. On l'a entreprise pour des époques et des lieux limités mais jamais dans une perspective d'ensemble qui en dégagerait les axes, les courants, les jalons. Car tour

[1]. Ouvriers effectuant un tour de France pour apprendre leur métier.
[2]. Religieux allant de ville en ville pour faire des sermons.

V BIENFAITS DE L'ERRANCE ET DE LA LENTEUR

à tour chassé, repoussé, excommunié, ou, au contraire, fêté, recherché, imploré, l'Errant apportait avec lui, selon les mentalités, les besoins des différentes communautés, un monde de damnation ou un monde de salut. Les routes, les chemins, les sentiers parcourant la France ont ouvert les portes de l'Enfer ou celles du Paradis. Ils furent sur notre terre comme les infrastructures de l'amour ou de la haine, les voies qui amenaient le frère ou l'ennemi. Et aujourd'hui rien de cela n'est mort. Notre société hyperurbanisée semble consacrer à jamais la victoire des sédentaires. Elle recèle pourtant plus que jamais ces ferments qui nous portent à bouger, à partir, à nous jeter avec fureur vers les loisirs, organisés ou non. Peu importent les motivations. On ne part plus sur les routes pour prêcher ni faire son salut, pour conquérir quelque Graal[3] au cœur des châteaux forts. Mais l'image n'est pas morte – bien qu'elle soit caricaturale aujourd'hui – des paradis promis et trouvés par le départ et par l'errance. Cette quête fiévreuse du Loisir – Graal de notre époque – a pris fatalement des formes organisées, et moins chevaleresques qu'autrefois, des formes saisonnières aussi retrouvant par moments l'ampleur des vieilles migrations. C'est pourquoi on accepte très bien les vacanciers, les campeurs, voire les randonneurs, moins bien le vagabond, le solitaire marchant pour son plaisir en dehors des sentiers battus. Le plus révélateur pour moi, dans ce voyage de quelques mois, fut justement l'étonnement, l'incertitude, et surtout la méfiance que je lisais sur maints visages.

Ne fût-ce qu'à l'égard de soi-même, une telle entreprise est donc édifiante et même nécessaire. Affronter l'imprévu quotidien des rencontres, c'est rechercher une autre image de

---

3. Référence à la coupe supposée avoir contenu le sang du Christ et que recherchaient les chevaliers de la Table ronde sous la conduite du roi Arthur. Par métaphore, le terme désigne l'objet utopique d'une recherche.

soi chez les autres, briser les cadres et les routines des mondes familiers, c'est se faire autre et, d'une certaine façon, renaître. La lassitude, le découragement, le sentiment d'absurdité ou d'inutilité de l'entreprise qui vous prennent quelquefois aux heures difficiles ou mornes de la marche, deviennent autant d'épreuves, qui n'ont d'ailleurs rien de tragique. De plus en plus, ceux qui réclament autre chose que le visage artificiel des villes, les rapports routiniers, conventionnels de nos cités, iront chercher sur les routes ce qui leur manque ailleurs. Et en ce jour plein de soleil où j'aborde le Gévaudan[4], je me dis qu'en marchant ainsi, on ne recherche pas que des joies archaïques ou des heures privilégiées, on ne fait pas qu'errer dans le labyrinthe[5] des chemins embrouillés qui nous ramèneraient à nous-mêmes, mais qu'au contraire on découvre les autres et, avec eux, cette Ariane[5] invisible qui vous attend au terme du chemin. Marcher ainsi de nos jours – et surtout de nos jours – ce n'est pas revenir aux temps néolithiques, mais bien plutôt être prophète.

---

4. Région du sud du Massif central.
5. Référence à la légende de Thésée, du labyrinthe et du Minotaure (→ DOCUMENTS 2, p. 27, 7, p. 40, 10, p. 47 et p. II).

Pour analyser le document

1. Citez plusieurs types d'errants donnés dans le texte et dites ce qui caractérise, d'après J. Lacarrière, le monde de l'errance.

2. À propos des différents errants qu'il évoque, J. Lacarrière signale des jugements contradictoires. Comment ces jugements peuvent-ils s'expliquer ?

3. Qu'apportent, que permettent les voyages solitaires et « hors des sentiers battus » comme celui qu'a effectué l'auteur du texte ?

V BIENFAITS DE L'ERRANCE ET DE LA LENTEUR

Thèmes de réflexion, d'exposé ou de débat

1. Voyage, errance, épreuves et connaissance de soi : étudiez, en prenant appui sur différents documents de cette anthologie, la manière dont ces notions peuvent être associées.

2. Trouvez et caractérisez différentes formes d'errance à notre époque. Quelles peuvent en être les raisons ?

ESSAI

DOCUMENT 4

BRUCE CHATWIN (1940-1989), ***Anatomie de l'errance*** (1996), « C'est un monde nomade, nomade, nomade » (1970), traduction de l'anglais par Jacques Chabert (2005), © Éditions Grasset.

Grand voyageur, Bruce Chatwin est l'auteur de récits et d'essais dans lesquels il développe l'idée que le déplacement sans but précis est inhérent et indispensable à l'homme.

Les enfants ont besoin de sentiers à explorer, de prendre leurs repères sur la terre où ils vivent, comme un navigateur s'oriente sur ses amers[1] familiers. Si nous fouillons nos souvenirs d'enfance, nous nous remémorons en premier lieu les chemins, avant les choses et les gens : les allées du jardin, la route de l'école, le parcours dans la maison, les itinéraires dans la fougère ou dans les hautes herbes. Suivre la trace des animaux fut l'élément primordial de l'éducation des premiers hommes.

La matière première de l'imagination de Proust[2] fut les deux promenades dans le village d'Illiers où il passait ses

---

1. Éléments placés sur une côte pour servir de repères à la navigation.
2. Romancier (1871-1922), auteur de *À la recherche du temps perdu*.

vacances avec sa famille. Elles devinrent plus tard les chemins de Méséglise et de Guermantes dans *À la recherche du temps perdu*. Le sentier dans les aubépines qui conduisait au jardin de son oncle devint le symbole de son innocence perdue. C'est là qu'il remarqua pour la première fois l'ombre ronde que les pommiers projettent sur le sol éclairé par le soleil. Plus tard dans sa vie, drogué[3] par la caféine et le véronal[4], ce n'est qu'en de rares occasions qu'il sortait, avec peine, de sa pièce close pour faire une excursion en taxi et voir les pommiers en fleur, les vitres fermées hermétiquement afin d'éviter que leur odeur ne vienne submerger ses émotions.

L'évolution nous destinait à être des voyageurs. Les séjours prolongés, dans une grotte ou dans un château, n'ont été au mieux que des épisodes temporaires dans l'histoire de l'homme. Nous n'avons habité en un lieu précis pour une longue période que depuis quelque dix mille ans, une goutte dans l'océan du temps de l'évolution. Nous sommes voyageurs dès notre naissance. Notre folle obsession du progrès technologique est une réaction face aux obstacles qui bloquent nos déplacements géographiques.

Les quelques peuples « primitifs » des confins oubliés de la terre comprennent mieux que nous cette simple caractéristique de notre nature. Ils sont perpétuellement en mouvement. Les bébés à la peau dorée des chasseurs bochimans[5] du Kalahari[6] ne pleurent jamais et comptent parmi les enfants les plus heureux du monde. À l'âge adulte, ce sont les gens les plus doux qui soient. Ils sont satisfaits de leur sort qu'ils considèrent idéal

---

3. M. Proust souffrait d'asthme. Il devait rester dans une pièce fermée.
4. Somnifère.
5. Ethnie vivant au Botswana, en Namibie et en Angola.
6. Désert de l'Afrique australe.

et ceux qui parlent d'« un instinct meurtrier de chasseur chez l'homme » font tout bonnement la preuve de leur ignorance.

Pour analyser le document

1. Dégagez et reformulez les idées du texte relatives au besoin humain de déplacement et d'errance.

2. Quel est le rôle joué par les paragraphes 2 et 4 ? qu'ajoutent-ils au contenu des paragraphes 1 et 3 ?

3. Comment cet extrait peut-il être associé à l'idée de « détour » ?

ARTICLE DE REVUE

DOCUMENT 5

CATHERINE BERTHO-LAVENIR, *Les Cahiers de médiologie*, n° 5 (1998), « L'échappée belle », DR.

Dans un article de la revue Les Cahiers de médiologie, *l'historienne C. Bertho-Lavenir évoque, à l'occasion d'une étude sur le Tour de France, les voyageurs qui, au début du XXe siècle, découvraient la France à bicyclette, par des chemins détournés et des routes à peine ouvertes.*

Le désir de trouver de nouveaux terrains de jeu fait surgir du néant des pans entiers du territoire, auparavant ignorés parce que, au sens propre, sans utilité. Les cols des Alpes par exemple. Peu fréquentés jusqu'alors, parce que ne menant littéralement
5 à rien et inaccessibles aux voitures à cheval, les grands cols que la saga du Tour de France inscrira dans le patrimoine national sont alors *terra incognita*[1]. On ne passe pas par Le Galibier

---

[1]. Une terre inconnue.

(2 560 m) ni par le col de La Cayolle, à peine par le col de Vars ou l'Iseran, certainement pas par la Casse Déserte. Territoires intermédiaires, ces passages n'appartiennent ni à la haute montagne qui, avec ses pics et ses glaciers, attire déjà depuis des années les alpinistes, ni au domaine des rouliers[2] dont les chevaux peinent sur les pentes. Elles ne mènent à rien qu'à de pauvres vallées ou à des points stratégiques. Ce sont, au mieux, des terrains de manœuvres, routes militaires que cyclistes et automobilistes vont durement arracher à l'armée. Le Tour de France signe leur insertion dans l'imaginaire collectif, bien que, les photographies en témoignent, il n'y ait encore guère de spectateurs sur leurs pentes jusque dans les années 1920. En 1910, la « route des Alpes », toute nouvellement ouverte, relie par un improbable périple des lieux autrefois inconnus des Français. Dix ans plus tard, une « route pyrénéenne » réitère l'exploit : ouvrir, de Bayonne à Perpignan, un cheminement ludique et stratégique à la fois, de col en col et de station thermale en station thermale.

Après les sommets, les profondeurs : les cyclistes raffolent des gorges et de leurs rivières. Cheminer entre de hautes parois le long de flots mugissants offre des sensations neuves. On crée donc pour eux – et pour les automobiles qui, alors, ne vont guère plus vite – des routes nouvelles le long des gorges du Verdon[3], le long des rives du Fier, noires et sinistres à souhait, dans les gorges des Causses[4]. La corniche de l'Esterel[5] les conduit là où personne – hormis les chasseurs – n'avait pénétré avant eux. La bicyclette ici n'est pas antinomique de l'automobile. Ce sont les mêmes bourgeois hardis qui, à vélo ou en auto, s'enfoncent

---
2. Voituriers qui transportaient des marchandises au XIXᵉ siècle.
3. Gorges spectaculaires par leur profondeur.
4. Région du Massif central.
5. Route en corniche qui joint Fréjus à Nice, en bordure du massif de l'Estérel.

V BIENFAITS DE L'ERRANCE ET DE LA LENTEUR

dans les profondeurs départementales, à la recherche d'une autre France, ignorée des voyageurs en chemin de fer, qu'ils découvrent avec le sentiment d'un devoir accompli. Témoin ce récit dû à Théophile Gautier (le jeune [6]), en 1902. Il donne le mode d'emploi d'une France rêvée, improbable jardin d'Eden, où la beauté des paysages fait exactement écho aux agréments du corps. De Lempdes à Massiac, Lioran, Aurillac et Cahors[7], sur 220 km, la douce France offre des plaisirs paisibles au cycliste modéré qui s'abandonne à elle. Envolées les douleurs, oubliés les efforts qui sont le pain quotidien des cyclistes des Alpes ou des Pyrénées. Il ne s'agit plus d'affronter les côtes dans un combat épuisant mais de jouir de délicieuses sensations de vitesse. Choix technique judicieux, conscience nationale et sensations intimes, tout s'accorde dans l'expérience vécue du cycliste : c'est, dit-il, « un trajet qui semble tracé à souhait pour les amants de la nature » et dont – il en est certain – « aucun pays d'Europe ne présenterait l'équivalent ». « Avec une bicyclette munie de changements de vitesse et à roue libre, cette excursion doit réaliser l'idéal, en donnant au cycliste la sensation d'une envolée, ou plutôt d'un glissement continu dans l'espace. » Tout au long de son périple, le citoyen de ce pays béni découvre une France parfaitement conforme à ses attentes qui, bonheur suprême, ressemble aux paysages proposés par les compagnies de chemin de fer. L'ascension d'une côte mène l'heureux randonneur « jusqu'au point culminant d'où l'on voit apparaître ce panorama splendide et grave avec lequel nous ont familiarisé les aquarelles placées dans les gares de la compagnie d'Orléans[8] ».

---

6. *Souvenirs d'été* de T. Gautier, fils du poète du même nom.
7. Villes du sud-ouest de la France.
8. Une des premières compagnies de chemin de fer.

Le voyage cycliste trouve donc son accomplissement dans une reconnaissance : c'est parce qu'il mène le voyageur dans des lieux à la fois neufs et familiers, décodables selon les critères familiers de la vieille culture picturale et touristique, qu'il est pensable, possible et pratiqué. L'instrument technique nouveau, la bicyclette, s'est glissé dans une pratique ancienne, celle du voyage cultivé et en a inventé une variante, juste assez classique pour être rassurante et juste assez neuve pour être attrayante.

Pour analyser le document

1. Énumérez les différents avantages des voyages à bicyclette tels qu'ils sont présentés dans le texte. Que permettent-ils ? Qu'apportent-ils ?

2. Expliquez en quoi les voyages à bicyclette dont il est question sont à la fois la découverte d'« une autre France » (l. 37) et une « reconnaissance » (l. 65).

3. Comment les informations et les réflexions que contient le texte rejoignent-elles la notion de « détour » ?

ENTRETIEN

DOCUMENT 6

CARL HONORÉ, entretien accordé à ***L'Expressmag*** (15-09-2005), « Retrouver sa tortue intérieure ». Mis en ligne sur RTL, www.rtl.fr

Le journaliste canadien C. Honoré est l'auteur d'un Éloge de la lenteur[1]. *À l'occasion de la sortie de cet ouvrage, il répond aux questions de Lydia Bacrie, de* L'Expressmag.

---

1. Ouvrage publié aux éditions Marabout, en 2005.

V BIENFAITS DE L'ERRANCE ET DE LA LENTEUR

L. B. – De votre propre aveu, vous avez longtemps été un « accro de la vitesse », et vous voici devenu le nouvel apôtre de la lenteur. Pourquoi un tel revirement ?

C. H. – Une révélation ! Il y a quatre ans, j'attendais un avion à l'aéroport de Rome en lisant un journal, quand mes yeux sont tombés sur un article qui vantait les mérites des contes pour enfants présentés en version condensée. Imaginez Hans Christian Andersen[2] passé au crible du management ! À l'époque, j'étais sans cesse débordé et je me battais chaque soir avec mon fils de deux ans, qui me réclamait des histoires toujours plus longues alors que je ne pensais qu'à finir ce qui me restait à faire : lire mes mails, terminer un article... Je le confesse, l'idée d'écourter ce moment m'a d'abord enchanté. Je me demandais même dans quels délais Amazon[3] allait m'expédier le volume quand, tout à coup, j'ai pris conscience de l'ineptie de la situation.

L. B. – Ce fut le déclic ?

C. H. – Absolument. Je me suis demandé si je n'étais pas en train de devenir fou ! Et, dans l'avion, je commençais déjà à me poser les questions qui sont aujourd'hui au cœur de mon livre : pourquoi sommes-nous si pressés ? Comment guérir de cette obsession du temps ? Est-ce possible, et seulement désirable, d'aller moins vite ?

L. B. – Selon vous, nous sommes tous contaminés...

C. H. – En Occident, personne, ou presque, n'échappe au virus. Je suis journaliste, je voyage souvent et j'écoute beaucoup les gens : tous se plaignent de manquer de temps. Sans doute parce que nous vivons dans une culture de consommation et que nous brûlons d'accumuler autant de biens et d'expériences

---
2. Auteur (1805-1875) de contes pour enfants, parmi lesquels *La Petite Sirène*.
3. Site Internet de vente de livres.

que possible. Nous voulons faire une carrière honorable, nous occuper de nos enfants, sortir avec nos amis, pratiquer un sport, aller au cinéma, jouir d'une vie sexuelle harmonieuse... Il en résulte un constant décalage entre ce que nous attendons de la vie et ce que nous en obtenons, lequel nourrit le sentiment que nous n'avons jamais assez de temps. Du coup, la tentation d'aller plus vite, de courir contre la montre devient irrésistible. Nous sommes devenus des drogués de l'activité. Selon une étude menée en 2003 auprès de 5 000 travailleurs britanniques, 60 % des personnes interrogées déclaraient ne pas envisager de prendre toutes leurs vacances. Et savez-vous qu'en moyenne les Américains délaissent chaque année un cinquième de leurs congés ?

L. B. – Mais il y a aussi une jubilation à vivre vite...

C. H. – Dans une nouvelle baptisée *La Lenteur*, Milan Kundera[4] parle de la vitesse comme d'une extase. Bien sûr, la rapidité est très stimulante, très excitante. Comprenons-nous, ce livre n'est pas une déclaration de guerre à la vitesse. Le problème est que notre amour de la vitesse, notre obsession d'en faire toujours plus en moins de temps a passé les bornes. Elle s'est transformée en dépendance. Nous ne savons plus lever le pied, changer de rythme. Aujourd'hui, nous privilégions la quantité au détriment de la qualité.

L. B. – Quelle est la solution ?

C. H. – Il s'agit de trouver un meilleur équilibre entre activité et repos, travail et temps libre. Chercher à vivre ce que les musiciens appellent tempo giusto, la bonne cadence, en allant vite lorsque notre activité l'exige et en se ménageant des pauses dès qu'on le peut. Cette philosophie, très simple, est en train de gagner du terrain un peu partout dans le monde.

---

4. Voir le document 8, page 103.

Sur le plan individuel, les gens sont de plus en plus nombreux à réfléchir sur leur rapport au temps et son impact sur leur qualité de vie. Sur le plan collectif, de multiples initiatives voient le jour via les municipalités, les associations. [...]

Pour analyser le document

1. Quelles sont les manifestations et illustrations de la « maladie de la vitesse » telles qu'elles sont données par celui qui parle.
2. Comment, selon C. Honoré, s'explique le phénomène de la vitesse ?
3. Quelles sont les solutions proposées ?

Thème de réflexion, d'exposé ou de débat

Organisez un débat contradictoire sur la vitesse en faisant alterner éloge et critique.

ARTICLE EN LIGNE

Bruno Askenazi, TPE-PME.com, « Le tourisme se met au vert » (2008).

Dans un article sur Internet, B. Askenazi explique les orientations de « l'écotourisme », qui propose de nouvelles façons de voyager.

Écotourisme, tourisme durable ou responsable, tourisme vert… : une nouvelle forme de tourisme qui se préoccupe de l'impact des voyages sur les populations et l'environnement du pays d'accueil est en train d'émerger doucement. Une alternative au tourisme de masse qui touche un public de plus en plus large. Certes, seulement un Français sur quatre affirme avoir entendu parler de tourisme responsable selon une enquête réalisée en mars 2007 par TNS Sofres pour Voyages-SNCF.com. Et le chiffre d'affaires généré par cette nouvelle « niche » est dérisoire comparé à celui produit par les propositions classiques des grands tours opérators[1]. Au plan mondial, on estime à seulement 1 % le poids de l'écotourisme… Mais l'offre de voyages verts[2] se multiplie et rencontre un intérêt croissant. Pas seulement auprès d'un public d'écologistes militants. Toujours selon TNS Sofres, « trois personnes interrogées sur quatre se déclarent intéressées par le tourisme responsable en mettant surtout en avant les notions de respect de l'environnement, le fait de voyager autrement et enfin le côté redistributif et solidaire[3] ». Les plus réceptifs seraient des enseignants ou des professions libérales qui commencent à être lassés par les clubs de vacances bondés ou les campings sales et bruyants. De plus en plus de voyageurs cherchent des contacts plus authentiques avec les populations des pays d'accueil. Plus question de « bronzer idiot » sans se soucier de l'environnement extérieur. Les plus de 50 ans et notamment la génération des baby boomers[4] seraient également très sensibles à l'impact de leurs voyages sur l'environnement. Exemple récent, l'initiative du groupement Poivre et Sel, une association qui fait voyager des seniors, dont le réseau d'agences s'est engagé à reverser 10 euros par voyage « pour participer à la compensation des émissions de CO^2 ». Le tout dans le cadre d'une convention signée avec l'association de Yann Arthus-Bertrand[5], Good Planet. Dans son catalogue 2008, l'association compte d'ailleurs un voyage « équitable » au Mali.

---

1. Organisateurs de voyages.
2. Voyages prenant en compte la défense de l'environnement.
3. Idée selon laquelle ce type de tourisme profite à tous et non seulement aux organisateurs de voyages.
4. Génération née juste après la Seconde Guerre mondiale.
5. Photographe célèbre pour ses photos de la Terre vue du ciel.

Une activité séduisante mais complexe

Les associations ou les quelques entrepreneurs qui ont tenté l'aventure, comme Saïga ou Double Sens, le savent : l'écotourisme est une activité complexe à développer surtout dans ses formes les plus exigeantes, comme le tourisme solidaire. Partir étudier la faune de la forêt de Bornéo, aider une ONG[6] à protéger les dauphins en mer ionienne, partager la vie quotidienne des éleveurs de rênes en Laponie : autant de programmes forcément plus longs à monter qu'un banal circuit 4 x 4 en Tunisie. Trouver les partenaires, les familles d'accueil, les guides ou les ONG capables d'accueillir les touristes dans de bonnes conditions, tout cela prend du temps. D'autant que ces contacts locaux ne seront pas forcément des professionnels du tourisme.

Même lorsque l'écotourisme prend des formes plus souples, la tâche du créateur reste complexe. Pour lancer leur réseau de campings « écologiques » haut de gamme Huttopia, Philippe et Céline Bossanne ont pris soin de ne pas brûler les étapes. Depuis 1999, cinq campings (tentes canadiennes, cabanes et roulottes) ont été créés. Pas un de plus car ces sites devaient suivre des critères très stricts pour respecter l'environnement où ils s'implantent. Les cabanes sont par exemple construites sur pilotis sans fondation. Quant aux matériaux utilisés, ils s'intègrent bien dans le cadre naturel et sont conçus, comme le bois non traité, pour avoir un minimum d'impact sur l'environnement.

« Nous travaillons aussi avec des partenaires locaux qui aident les clients à découvrir la région », ajoute Céline Bossanne, directrice du marketing et de la communication. Ici pas de karaoké, ni de gentils animateurs ou de boîte de nuit. La clientèle ? Des

---

[6]. Organisation (humanitaire) non gouvernementale.

citadins, en majorité des familles, en recherche de découverte dont c'est souvent le premier séjour en camping.

« Notre côté écolo est un plus mais ce n'est pas l'élément déterminant de leur choix, estime Céline Bossanne. Nos clients viennent avant tout pour vivre une expérience différente, loin des sentiers battus et du tourisme de masse. »

Huttopia peut au moins se targuer d'une réussite : avoir sorti le camping de son image ringarde.

Pour analyser le document

1. Présentez le texte en donnant son thème et les points abordés.

2. Quelles sont les caractéristiques de l'écotourisme telles qu'elles apparaissent dans le texte ? Qu'est-ce qui explique son développement ? Que recherchent les « écovoyageurs » ?

3. Pourquoi, d'après l'auteur du texte, la mise en place de l'écotourisme est-elle difficile ?

AFFICHE DE FILM

DOCUMENT 8

Affiche du film de **MANUEL POIRIER**, *Western* (1997), avec Sergi Lopez et Sacha Bourdo. Prod DB, © Diaphana / Salome / DR. (→ p. v)

Pour analyser le document

1. Sachant que le film met en scène deux vagabonds parcourant les routes de Bretagne, expliquez le titre.

2. Décrivez ce que vous voyez sur l'image et dites ce qu'elle évoque. Comment peut-elle s'inscrire dans le chapitre intitulé « Bienfaits de l'errance et de la lenteur » ?

V BIENFAITS DE L'ERRANCE ET DE LA LENTEUR

Thème de réflexion, d'exposé ou de débat

Recherchez des films qui évoquent ou racontent des errances. Comment peut-on comprendre que le cinéma s'intéresse particulièrement à ce thème ?

DOCUMENT 9

PAGE PUBLICITAIRE

Allibert. L'esprit de nos voyages. Page publicitaire du catalogue Allibert, agence spécialisée dans les randonnées, le trekking et d'autres modes d'expéditions à travers le monde (2008). © Allibert / www.allibert-trekking.com (→ p. VI)

Pour analyser le document

1. Dites ce que vous voyez sur l'image et ce qu'évoquent les éléments photographiés.

2. Observez ce qui est écrit et la disposition choisie : qu'est-ce qui est mis en relief ? Quels liens de sens peut-on établir entre la formule « L'esprit de nos voyages » et les éléments qui constituent l'argumentaire ?

3. Quelles relations peut-on établir entre le texte argumentaire et les éléments de l'image ?

Thèmes de réflexion, d'exposé ou de débat

1. Formulez en 6 à 10 points ce que pourraient être les recommandations d'une charte d'écotourisme à destination des voyageurs.

2. Regroupez et classez des exemples illustrant l'idée que la vitesse est devenue une véritable « dépendance », comme le dit C. Honoré (→ DOCUMENT 6, p. 126).

POUR L'EXAMEN

Vers la synthèse

Deux documents

1. Expliquez en quoi on peut rapprocher le texte de J.-J. Rousseau (→ DOCUMENT 1, p. 113) et celui de B. Chatwin (→ DOCUMENT 4, p. 121).

2. Rapprochez les textes de J. Lacarrière (→ DOCUMENT 3, p. 118) et de B. Chatwin (→ DOCUMENT 4, p. 121) pour étudier différentes formes d'errance et ce qu'elles apportent.

3. Voyages à pied, voyages à bicyclette : qu'y a-t-il de commun aux textes de J. Lacarrière (→ DOCUMENT 3, p. 118) et de C. Bertho-Lavenir (→ DOCUMENT 5, p. 123) ? Qu'y a-t-il de différent ?

4. Mettez en parallèle l'entretien avec C. Honoré (→ DOCUMENT 6, p. 126) et la publicité pour les voyages Allibert (→ DOCUMENT 9, p. 133 et p. VI) : que remarquez-vous ?

5. Rapprochez le texte de B. Askenazi (→ DOCUMENT 7, p. 129) et la publicité pour les voyages Allibert (→ DOCUMENT 9, p. 133 et p. VI) : quel rôle pourrait jouer le second document pour le premier ?

Trois documents

6. En rapprochant les textes de J.-J. Rousseau (→ DOCUMENT 1, p. 113), J. Lacarrière (→ DOCUMENT 3, p. 118) et B. Chatwin (→ DOCUMENT 4, p. 121), mettez en évidence ce que permettent et favorisent les différentes formes de déplacement.

Quatre documents

7. Reprenez la consigne du sujet 6 ci-dessus et traitez ce sujet en ajoutant un quatrième document, l'image de la page VI.

8. Mettez en parallèle les « détours » qui caractérisent les voyages d'Ulysse (→ DOCUMENTS 1, p. 25 et 9, p. 47), de Candide (→ DOCUMENT 4, p. 32 et 11, p. 48), de J.-J. Rousseau (→ DOCUMENT 1, p. 113) et de J. Lacarrière (→ DOCUMENT 3, p. 118) : qu'est-ce qui ressort de cette confrontation ?

Vers l'écriture personnelle

Sujet 1

Par rapport aux notions de vitesse, lenteur et détours, exposez votre idéal personnel du voyage.

Sujet 2

Donnez votre point de vue personnel sur ce que l'on appelle l'écotourisme. Partagez-vous ses objectifs, ses démarches, son idéologie ?

Sujet 3

Aller droit au but ou privilégier les détours : que préférez-vous dans les voyages ?

Sujet 4

En prenant appui sur certains textes de cette anthologie, répondez de manière personnelle à la question suivante. Qu'est-ce qui instruit le plus, les détours que le voyageur subit ou ceux qu'il choisit ?

Sujet 5

« Affronter l'imprévu quotidien des rencontres, c'est rechercher une autre image de soi », écrit J. Lacarrière (→ DOCUMENT 3, p. 119, lignes 39 à 41). Vous direz si vous partagez ce point de vue.

CHAPITRE VI
LES DANGERS DU RACCOURCI

137 Problématique

■ **TEXTES**

139 **1.** ALFRED DE VIGNY, *Poèmes philosophiques* (1844), « La Maison du Berger »

140 **2.** RENÉ HUYGHE, *Dialogue avec le visible* (1955)

144 **3.** MICHEL SERRES, *Le Contrat naturel* (1990)

146 **4.** DOMINIQUE WOLTON, *Internet et après ?* (2000)

149 **5.** NICOLE AUBERT, *Modernité, la nouvelle carte du temps* (2003)

153 **6.** JEAN-CLAUDE GUILLEBAUD, *Les Cahiers français* (juin 2007), « Le traitement de l'information par les médias : quelles dérives ? »

155 **7.** ÉRIC VIGNE, *Le Livre et l'éditeur* (2008)

■ **IMAGES**

158 **8.** Affiche contre le passage du TGV dans le pays d'Aix-en Provence (1990) (→ p. VII)

159 **9.** LOUIS SCHWARTZBERG, vue aérienne d'un échangeur autoroutier à Vancouver (Canada)

Pour analyser le document : après chaque document
Thèmes de réflexion, d'exposé ou de débat

160 **POUR L'EXAMEN :** *Vers la synthèse • Vers l'écriture personnelle*

> « *Pourquoi le plaisir de la lenteur a-t-il disparu ?*
> *Ah, où sont-ils les flâneurs d'antan ?*
> *Où sont-ils, ces héros fainéants des chansons populaires, ces vagabonds*
> *qui traînent d'un moulin à l'autre et dorment à la belle étoile ?* »
> MILAN KUNDERA, *La Lenteur*.

■ PROBLÉMATIQUE

Promenades, lenteur, flânerie, temps perdu, **détours**… ces mots font rêver, parce qu'ils disent une **vie heureuse** et humaine. Mais si nous n'y prenons garde, eux-mêmes et ce qu'ils expriment se trouveront relégués dans un passé progressivement oublié, au profit d'une efficacité qui transforme le quotidien des hommes en **course simplificatrice**. En tout domaine, il faut répondre à une urgence. Chaque geste, chaque initiative sont le résultat d'une sollicitation dont on se demande si elle laisse encore le temps et la liberté de penser.

Le temps modifié

Que nous disent à ce sujet certains sociologues ? Ils s'accordent à penser – et il y a de cela déjà quelques décennies – que le monde moderne, particulièrement dans le domaine de la **communication**, a profondément modifié notre rapport au temps. C'est pour aller plus vite et atteindre plus directement le vif du sujet que nous avons simplifié notre manière de parler, passant de la phrase discursive des écrivains classiques à ces **propos raccourcis** que sont à notre époque les textos et autres SMS, qui demandent essentiellement de réagir. En 1955, R. Huyghe (→ DOCUMENT 2, p. 140) dénonçait la transformation de la pensée en sensation, le recours à l'image pour remplacer le texte, la domination progressive du sensible, perçu immédiatement, sur le pensé, qui demande un effort de l'esprit. D. Wolton (→ DOCUMENT 4,

p. 146) et J.-C. Guillebaud (→ DOCUMENT 6, p. 153), tous deux spécialistes des médias, opposent le temps immédiat de l'information « en direct » au temps discontinu et plus lent de la vie et de la pensée. M. Serres (→ DOCUMENT 3, p. 144) fait observer que la vie politique est cantonnée dans le court terme (les élections à venir), tandis qu'il faut prendre des décisions à long terme, notamment en ce qui concerne le devenir de notre planète.

Un monde de paradoxes et de contradictions

Partout, le **direct** s'oppose au **détour**, provoquant des contradictions dans les activités humaines. La maîtrise des distances par la vitesse de déplacement et de communication entraîne un déferlement d'informations immédiates, mais sans aucune hiérarchisation : plus que jamais, il faut trouver le temps de réfléchir, de classer, de faire un tri dans ce qui nous submerge ; mais plus que jamais ce temps manque. Quand il suffit de deux ou trois « clicks » pour obtenir directement ce qui aurait demandé des heures de recherches, pourquoi perdre du temps à s'interroger sur la fiabilité des sources ? Pourtant, les **erreurs** sont multiples. Tout semble facile à obtenir, mais cette facilité du raccourci (apparent) exige lucidité et conscience des risques, ce qui demande du temps… L'image labyrinthique d'un gigantesque échangeur routier (→ DOCUMENT 9, p. 159) pourrait bien illustrer l'**enchevêtrement paradoxal** de nos démarches : vu d'en haut, le dédale des voies semble facile à comprendre, et utile, mais lorsqu'on se trouve sur le terrain, aucune visibilité ne permet de se retrouver dans la multitude des directions offertes. L'impression de liberté est démentie par celle d'un emprisonnement.

VI LES DANGERS DU RACCOURCI

POÉSIE

DOCUMENT 1

ALFRED DE VIGNY (1797-1863), ***Poèmes philosophiques*** (1844), « La Maison du Berger », vers 106-133.

« La Maison du Berger » est un long poème dans lequel A. de Vigny critique les temps modernes et les effets de l'industrialisation.

[...] Évitons ces chemins[1]. – Leur voyage est sans grâces,
Puisqu'il[2] est aussi prompt, sur ses lignes de fer,
Que la flèche lancée à travers les espaces
Qui va de l'arc au but en faisant siffler l'air.
5   Ainsi jetée au loin, l'humaine créature
Ne respire et ne voit, dans toute la nature,
Qu'un brouillard étouffant que traverse un éclair.

On n'entendra jamais[3] piaffer sur une route
Le pied vif du cheval sur les pavés en feu ;
10 Adieu, voyages lents, bruits lointains qu'on écoute,
Le rire du passant, les retards de l'essieu[4],
Les détours imprévus des pentes variées,
Un ami rencontré, les heures oubliées,
L'espoir d'arriver tard dans un sauvage lieu.

15 La distance et le temps sont vaincus. La science
Trace autour de la terre un chemin triste et droit.
Le Monde est rétréci par notre expérience
Et l'équateur n'est plus qu'un anneau trop étroit.
Plus de hasard. Chacun glissera sur sa ligne,
20 Immobile au seul rang que le départ assigne,
Plongé dans un calcul silencieux et froid.

---
1. Il s'agit du chemin de fer, très récent en 1844.
2. Renvoie au mot « voyage ».
3. Jamais plus.
4. Évoque les voitures à cheval.

Jamais la Rêverie amoureuse et paisible
N'y verra sans horreur son pied blanc attaché ;
Car il faut que ses yeux sur chaque objet visible
25 Versent un long regard, comme un fleuve épanché ;
Qu'elle interroge tout avec inquiétude,
Et, des secrets divins se faisant une étude,
Marche, s'arrête et marche avec le col penché.

Pour analyser le document

1. Reformulez et classez les différentes critiques adressées par le poète aux voyages rapides et à leurs conséquences.

2. Quels sont les éléments dont la disparition est présentée comme regrettable ? À quel domaine particulier la dernière strophe fait-elle référence ?

3. Comment cet extrait se rattache-t-il à la notion de « détour » ?

ESSAI

DOCUMENT 2

RENÉ HUYGHE (1906-1997), *Dialogue avec le visible* (1955), © Éditions Flammarion.

Historien de l'art, René Huyghe analyse, dans l'extrait suivant, des transformations historiques dans la manière de s'exprimer.

Hier, on expliquait à l'individu le sens du geste qui était requis[1] de lui ; l'avis, la pancarte l'énonçaient intelligiblement ; il s'y résolvait parce qu'il le comprenait. Aujourd'hui, on l'entraîne à répondre par un réflexe rapide et escompté à une
5 sensation convenue.

---

1. Qu'on attendait de lui.

VI LES DANGERS DU RACCOURCI

Il n'y a pas si longtemps qu'à l'entrée de chaque village, l'automobiliste pouvait apprendre en vertu de quel arrêté municipal il lui était prescrit de ne point dépasser une vitesse déterminée, et d'ailleurs modeste ! Ailleurs, le silence était sollicité et le motif – un hôpital, une clinique – en était expliqué. Depuis, le Code de la route n'a plus voulu connaître et faire connaître que des lignes, des silhouettes condensées tenant lieu d'injonctions : un S dressé comme un serpent ? Le tournant est proche ! Deux ombres chinoises simplifiées se tenant par la main ? Attention à l'école !

Le signe fait balle sur la rétine. À coup sûr, cette carcasse fracassée et incendiée d'automobile qu'aux États-Unis on a parfois eu l'idée de hisser sur un socle de ciment, au bord des routes où l'excès de vitesse est courant, entraîne la pression du pied sur le frein bien plus sûrement qu'un long discours, plus rapidement même que la tête de mort par quoi ailleurs le danger est notifié. Encore y a-t-il là évocation intelligible !

Notre vie s'organise autour de sensations élémentaires, sonnerie, feu rouge, ou vert, barre sur un disque coloré, etc., qui, par un incroyable dressage, commandent des actes appropriés.

Domaine de la rue, collectif par définition, dira-t-on. Qu'à cela ne tienne ! Franchissons le mur de la vie privée, de la vie la plus privée, celui du cabinet de toilette. Il n'y a pas si longtemps que le confort « victorien » prévoyait deux robinets où se lisaient les mots « chaud » et « froid », correspondant à une idée fort indigente, mais enfin à une idée. L'homme pressé entend en faire l'économie. C'est alors que le mot devient signe, en s'abrégeant : ceux lettres *C* et *F* suffisent. Cet appel même modéré aux facultés raisonnantes était sans doute encore excessif, car, depuis quelques années, deux taches, une rouge et une bleue, l'ont supplanté. Leur compréhension ne passe plus par les mêmes voies ; elle emprunte désormais celles de la sensation : le rouge, lié à l'apparence du feu, du métal en fusion, est couleur chaude ; le bleu est couleur froide, celle de l'eau, de la glace. Ces indicatifs n'ont que faire de la pensée : un audacieux court-circuit leur permet de ne plus l'emprunter et d'établir une connexion directe entre la sensation perçue et l'action conséquente.

Les mots, les mots tout-puissants de la civilisation du livre cèdent au vertige général : ils abdiquent, ils se recroquevillent, ils passent à l'ennemi. On pourrait suivre à travers l'Histoire cette contraction progressive de la pensée reine jadis de cette civilisation du livre qui décline aujourd'hui. La phrase du XVIIᵉ siècle est longue, à périodes[2] ; c'est l'époque du développement, de la dissertation, où la pensée vise sans cesse à s'amplifier par la forme qui l'exprime jusqu'à atteindre parfois une certaine redondance[3].

Le XVIIIᵉ siècle, au contraire, scinde, abrège, aboutit à la phrase « voltairienne », où se forgent la langue moderne et sa concision. En effet, au XVIIIᵉ siècle et surtout sous l'influence de l'Angleterre, première terre du machinisme, ne l'oublions pas, le primat[4] de la sensation sur la pensée commence à s'affirmer. Alors aux philosophies abstraites et raisonnantes se substituent les philosophies sensualistes[5] qui firent dériver tout l'être humain de la sensation. Il suffit d'évoquer Locke[6], Hume[7] et la diffusion énorme de leurs doctrines, qui retentirent sur toute l'Europe et dont le XIXᵉ siècle, créateur de « psychologie des sensations », fut tributaire.

---

2. Élément de discours long et développé.
3. La répétition.
4. L'antériorité et la supériorité.
5. Systèmes philosophiques considérant que la connaissance passe davantage par la sensation que par la pensée et la raison.
6. Philosophe anglais (1632-1704).
7. Philosophe écossais (1711-1776).

VI LES DANGERS DU RACCOURCI

Il appartenait au XXe siècle de créer la compression artificielle du texte dans ces revues spécialisées que sont les « Digests[8] » où les originaux sont livrés à des équipes non plus de rédacteurs, mais de réducteurs. Depuis, la grande presse a répandu l'usage des *pictures*, où l'adjonction d'images permet de ne garder que quelques phrases ramenées à leur simple expression, procédé jusque-là réservé aux journaux d'enfants.

L'exposé de la pensée, parallèlement, perd ses caractères discursifs[9] pour produire des effets plus soudains, plus proches de la sensation ; fuyant la glose[10], il vise davantage au concentré pour parvenir à cette forme moderne, le slogan où la notion incluse, à force de se ramasser, en arrive à imiter l'effet d'un choc sensoriel et son automatisme. La phrase glisse au heurt visuel. Stéréotypée, elle ne demande plus à être comprise, mais seulement reconnue.

---

8. Ouvrages qui donnent le résumé d'autres ouvrages.
9. Qui relève du discours et prend une forme longue et structurée.
10. Les commentaires.

Pour analyser le document

1. Expliquez quel est le phénomène exposé dans le texte par R. Huyghe et comment il s'est manifesté dans le cours de l'Histoire. Dites ensuite en quoi il se rattache à la notion de « détour ».

2. Quelles sont les causes du phénomène observé ? Faites apparaître son caractère historique.

3. Sur quels dangers l'auteur du texte attire-t-il l'attention du lecteur ?

Thèmes de réflexion, d'exposé ou de débat

1. Faites une recherche historique pour déterminer à quelle époque précise sont apparus les premiers chemins de fer et quelles réactions, parfois violentes, ils ont provoquées.

2. Cherchez, dans des textes du XVIIe siècle, des exemples de phrases discursives et de « périodes » oratoires pour les mettre en parallèle avec des « phrases voltairiennes » trouvées dans l'œuvre de R. Huyghe, et faites apparaître les différences dont parle ce philosophe.

ESSAI

DOCUMENT 3

MICHEL SERRES (né en 1930), *Le Contrat naturel* (1990), © Éditions Françoise Bourin.

Dans un essai dont le titre s'inspire de J.-J. Rousseau, le philosophe Michel Serres s'interroge sur la transformation de la notion de temps.

Mais dans quel temps, derechef[1], vivons-nous, même quand il se réduit à celui qui passe et coule ? Réponse aujourd'hui universelle : dans le très court terme. Pour sauvegarder la Terre ou respecter le temps, au sens de la pluie et du vent, il faudrait penser vers le long terme, et, pour n'y vivre pas, nous avons désappris à penser selon ses rythmes et sa portée. Soucieux de se maintenir, le politique[2] forme des projets qui dépassent rarement les élections prochaines ; sur l'année fiscale ou budgétaire règne l'administrateur et au jour la semaine se diffusent les nouvelles ; quant à la science contemporaine, elle naît dans des articles de revue qui ne remontent presque jamais en deçà

---

1. De nouveau.
2. Ceux qui sont au pouvoir.

VI LES DANGERS DU RACCOURCI

de dix ans ; même si les travaux sur le paléo-climat[3] récapitulent des dizaines de millénaires, ils ne datent pas eux-mêmes de trois décennies.

Tout se passe comme si les trois pouvoirs contemporains[4], j'entends par pouvoirs les instances[5] qui, nulle part, ne rencontrent de contre-pouvoirs, avaient éradiqué la mémoire du long terme, traditions millénaires, expériences accumulées par les cultures qui viennent de mourir ou que ces puissances tuent.

Or nous voici en face d'un problème causé par une civilisation en place depuis maintenant plus d'un siècle, elle-même engendrée par les cultures longues qui la précédèrent, infligeant des dommages à un système physique âgé de millions d'années, fluctuant et cependant relativement stable par variations rapides, aléatoires[6] et multiséculaires[7], devant une question angoissante dont la composante principale est le temps et spécialement celui d'un terme d'autant plus long que l'on pense globalement le système. Afin que l'eau des océans se mélange, il faut que s'achève un cycle estimé à cinq millénaires.

Or nous ne proposons que des réponses et des solutions de terme court, parce que nous vivons à échéances immédiates et que de celles-ci nous tirons l'essentiel de notre pouvoir. Les administrateurs tiennent la continuité, les médias la quotidienneté, la science enfin le seul projet d'avenir qui nous reste. Les trois pouvoirs détiennent le temps, au premier sens, pour maintenant statuer ou décider sur le second.

Comment ne pas s'étonner, par parenthèse, du parallélisme, dans l'information au sens usuel, entre le temps ramené à

---

3. Le climat d'époques très anciennes.
4. Ces trois pouvoirs sont définis dans le paragraphe 4.
5. Organismes qui exercent un pouvoir de décision.
6. Qui se produisent de manière imprévisible.
7. Qui durent plusieurs siècles.

l'instant qui passe et qui seul importe, et les nouvelles réduites
40 obligatoirement aux catastrophes, qui, seules censées intéressantes, passent ? Tout comme si le très court terme se liait à la destruction : faut-il entendre, en revanche, que la construction demande le long ? Même chose dans la science : quels rapports secrets entretiennent la spécialisation raffinée avec l'analyse,
45 destructrice de l'objet, déjà dépecé par la spécialité ?

Or il faut décider sur le plus grand objet des sciences et des pratiques : la Planète-Terre, nouvelle nature.

Pour analyser le document

1. Repérez dans le texte tout ce qui relève, selon M. Serres, du « court terme », et classez ces éléments selon les domaines auxquels ils renvoient.

2. Retrouvez ensuite tout ce qui fait référence au long terme, à son importance et à sa disparition. Vous pouvez répondre aux deux premières questions sous forme de tableau.

3. La réflexion sur le terme long et court met en évidence un paradoxe. Quel est ce paradoxe et quelles sont ses conséquences pour la survie de la planète, thème du *Contrat naturel* ?

ESSAI

DOCUMENT 4

DOMINIQUE WOLTON (né en 1947), ***Internet et après ?*** (2000), chapitre 3, « Les nouvelles technologies, l'individu et la société », coll. « Champs », © Éditions Flammarion.

Dans un essai critique, D. Wolton analyse la manière dont les nouvelles techniques de la communication ont modifié notre relation au temps.

VI LES DANGERS DU RACCOURCI

Il n'y a pas de communication sans l'épreuve du temps : du temps pour parler, pour se comprendre, pour lire un journal ou un livre, pour voir un film et ce indépendamment des questions de déplacement. Il y a toujours une *durée*[1] dans l'acte de communication. L'ordinateur, à la suite de la télévision qui déjà par sa présence à domicile réduisait les déplacements, accentue par la *vitesse*[1] cette idée d'une diminution possible de la contrainte du temps. En le comprimant, il l'annule presque. Certes, naviguer sur le réseau prend du temps, mais il y a un tel décalage entre le volume de ce à quoi on accède et le temps passé que l'on entre ainsi dans une *autre*[1] échelle du temps. D'ailleurs, l'observation des internautes confirme cette impression qu'ils sont dans un espace-temps sans durée. C'est cet *écrasement de la durée*[1], cette disparition de l'épreuve du temps inhérente à toute expérience de communication, qui pose problème du point de vue anthropologique[2], car le temps des nouvelles techniques est homogène, rationnel, lisse, alors que le temps humain est toujours discontinu, et différencié. Selon les moments, et les âges de la vie, on ne voit pas le monde le la même manière, et l'on n'utilise pas les informations et les connaissances de la même façon. On retrouve d'ailleurs ce télescopage des échelles de temps dans le fait que, majoritairement, ce sont les jeunes qui sont les adeptes de ce temps court, homogène et compressé. L'expérience de l'âge réduit la plupart du temps le plaisir de se « brancher » sur ce temps rapide. Le raisonnement peut être étendu aux sociétés. Elles n'ont pas davantage un rapport homogène au temps. Selon les moments de paix, de crise, de croissance, de chômage, on constate des attentions très diffé-

---
[1]. Ces différents termes sont mis en relief dans le texte par le choix de l'italique.
[2]. Du point de vue des comportements humains.

rentes aux informations, et plus généralement aux différents aspects de la réalité.

Or, si échapper au temps n'est pas désagréable, et chacun s'y essaye depuis toujours, de mille manières, ce qui change ici c'est le côté systématique et rationnel avec lequel, vingt-quatre heures sur vingt-quatre, on peut entrer dans un espace-temps qui n'a plus aucun rapport avec celui de l'expérience humaine. On circule dans un présent qui s'élargit sans cesse. La réduction, voire la suppression de l'épreuve de la durée, pose le problème essentiel du *prix*[1] que l'on accepte alors de payer pour perdre du temps et dialoguer avec quelqu'un. Il y a un tel décalage entre la rapidité des systèmes d'informations et la lenteur de la communication humaine qu'on rêve de trouver dans une présence plus grande des machines le moyen d'introduire un peu plus de rationalité dans les rapports humains. Mais à supposer que cela soit possible, a-t-on envie d'échanger en permanence ? De tout savoir, de tout pouvoir faire ou dire ? C'est le problème de la place du temps perdu, du silence, de l'isolement, et au-delà de la « socialisation de la vie privée ». Avec Internet, il n'y a plus ce que l'on appelle d'un mot maladroit la « vie privée » mais qui exprime néanmoins la volonté de pouvoir conserver une distance entre soi et les autres, de fermer les portes.

Bien sûr la vie privée n'est pas « à part », elle est en bonne partie déterminée par la réalité économique, le temps de travail, l'éducation, le mode d'habitat... mais elle ne se réduit jamais à cet ensemble de déterminants. Il subsiste un *décalage*[1] dans lequel chacun fabrique sa liberté. Or, les nouveaux services, dans le droit fil d'ailleurs du vaste mouvement de socialisation, impliquent une pénétration dans tous les espaces de vie. Peut-on et doit-on rationaliser ce fantastique bazar de la vie privée ?

VI LES DANGERS DU RACCOURCI

Pour analyser le document

1. Présentez le texte en donnant son thème global.

2. Concernant la communication, sur quel phénomène l'auteur du texte insiste-t-il particulièrement ?

3. Celui qui parle énonce plusieurs critiques à l'encontre d'Internet et du développement de la communication : récapitulez ces critiques. Expliquez ensuite comment ce texte s'intègre à une réflexion sur le « détour ».

Thème de réflexion, d'exposé ou de débat

D. Wolton oppose le temps de la communication à celui de la vie. Quelles sont, d'après lui, les caractéristiques de chacun de ces « temps » ?

DOCUMENT 5

ESSAI

NICOLE AUBERT, *Modernité, la nouvelle carte du temps* (2003), « Urgence et instantanéité : les nouveaux pièges du temps », © Éditions de L'Aube – DATAR.

Sociologue enseignant à l'École supérieure de commerce, Nicole Aubert s'intéresse particulièrement à la notion d'urgence et à ses nombreuses manifestations dans la société moderne.

L'urgence semble omniprésente : il n'est que de voir le nombre et le succès des émissions de télévision fondées sur ce concept *(Urgences, États d'urgence...)* pour comprendre combien cette notion a envahi le champ médiatique[1] et, en amont,

---

1. Le domaine des médias.

le champ social[2]. Il ne s'agit pas pour autant de dénier[3] le fondement réel de l'urgence sur un plan humanitaire, social ou même économique. Sur ce dernier plan, par exemple, il est clair que les entreprises de ce début de siècle, sans cesse en danger d'être dépassées et anéanties par d'autres dans un contexte de mondialisation et d'intensification extrême de la concurrence, sont confrontées à la nécessité de devoir fournir toujours plus vite des réponses appropriées. Il semble néanmoins que la pratique de l'action en urgence déborde souvent les limites du nécessaire et ait fini par s'ériger en idéologie[4]. En cela, elle constitue un symptôme qui traduit le désarroi d'une société ne sachant plus où donner de la tête pour panser les plaies ou réduire les fractures d'un monde qui « craque » de partout, sous le poids des problèmes qu'il faudrait parvenir à régler à « temps », avant qu'ils ne dégénèrent encore davantage.

Dans l'univers concurrentiel auquel l'entreprise doit faire face, l'immédiateté des réponses constitue, en effet, une règle de survie absolue, d'où un raccourcissement permanent des délais, une accélération continuelle des rythmes et une généralisation de la simultanéité.

Mais — et c'est là un premier glissement — ce fonctionnement s'est souvent érigé en un véritable système d'action qui valorise l'urgence en tant que telle, l'idée étant qu'une entreprise vraiment efficace est censée vivre sous une pression temporelle permanente. Une sorte d'idéologisation[5] de l'urgence imprègne alors toute l'entreprise, une urgence qui a pour but de « recentrer les humains, supposés trop lents, trop mous, trop complexes par rapport aux machines, vers un effort de

---
2. Le domaine de la vie sociale.
3. Refuser.
4. Système de pensée.
5. L'urgence transformée en idéologie.

VI LES DANGERS DU RACCOURCI

célérité[6] », et de les entretenir dans une sorte de disponibilité permanente, permettant à l'entreprise d'être sans arrêt à l'affût des opportunités pour les traiter le plus rapidement possible. D'où ces innombrables témoignages que l'on entend dans toutes les entreprises situées dans des secteurs concurrentiels, concernant l'obligation d'« immédiateté » et d'hyperréactivité[7] dans la réponse à apporter aux demandes internes de l'entreprise comme à celles, externes, du marché dans lequel elle est plongée. « Si mon patron me téléphone, témoigne un cadre, je suis tenu de lui apporter la réponse dans l'instant. Il y a une espèce de nécessité de la réactivité immédiate : on doit être capable, les uns et les autres, sur n'importe quel sujet, d'analyser très vite les éléments essentiels et de donner son avis. » « On nous dit sans arrêt : laissez tomber ce que vous faites, explique un autre, et on passe son temps comme ça à sautiller d'un sujet à l'autre en parant au plus pressé en permanence. »

Ce bouleversement du rapport au temps s'est étendu aussi à la vie personnelle, d'abord parce que la logique qui sous-tend l'économie – recherche du maximum de rentabilité, d'utilité, d'efficacité, exigence d'immédiateté des réponses – s'est étendue à l'ensemble des sphères de la société et à l'univers de la vie privée, ensuite parce que, dans cet univers-là aussi, l'instantanéité a fait son apparition. Ainsi, tandis que le mode de fonctionnement professionnel et les canons[8] de la rationalité économique se diffusent inexorablement dans l'univers des occupations privées, de la gestion du temps libre et des relations interpersonnelles, on assiste, comme en réponse à l'instantanéité du temps mondial qui sous-tend les échanges économiques et financiers, à l'émergence d'une instantanéité

---
6. La rapidité.
7. La capacité de réagir très vite.
8. Les règles, les normes.

du « temps relationnel » qui structure dorénavant le champ des relations entre les individus et crée la même exigence d'immédiateté des réponses aux sollicitations de l'autre : ne pas consulter son mail ou son téléphone portable plusieurs fois par jour paraît, sinon irresponsable, au moins suspect : « Comment ! Tu n'es pas au courant ? Mais je t'ai envoyé un mail ce matin… »

Avec le déclin des grands systèmes « porteurs de sens » (idéologiques ou religieux) et le rejet de toute transcendance[9] symbolique ou « supra-humaine », ce n'est plus le salut « dans l'autre monde » qu'il convient d'assurer, ce n'est plus la transcendance « supra-humaine » qui est en jeu, c'est la réussite temporelle comme seul gage du sens de la vie et de l'accomplissement de soi dans un monde où les références à un au-delà se sont évanouies et où l'existence, avec sa finitude, demeure la seule certitude.

---

9. L'existence d'une réalité supérieure.

Pour analyser le document

1. Trouvez dans le texte, puis reformulez et classez les différentes manifestations et formes de l'urgence. Signalez quels domaines se trouvent touchés par cette notion.

2. L'auteur de l'article met en évidence certains aspects positifs de l'urgence : retrouvez-les.

3. Dans son ensemble, l'article constitue une analyse critique de l'urgence. Quels sont ses dangers et ses aspects négatifs ? Que révèle-t-elle ? Cherchez quelles sont les relations entre la notion d'urgence et la notion de « détour ».

ARTICLE DE REVUE

Jean-Claude Guillebaud (né en 1944), ***Les Cahiers français***, n° 338 (juin 2007), « Le traitement de l'information par les médias : quelles dérives ? », © Éditions La Documentation française.

Journaliste et écrivain, J.-C. Guillebaud étudie, dans un article de la revue Les Cahiers français, *les modifications que les médias instaurent dans notre rapport au temps, en créant l'urgence et l'immédiateté.*

Ces différentes approches[1] renvoient à une question unique : celle du temps. Tout est là. L'appareil médiatique *change insidieusement notre rapport subjectif à la temporalité*[2], il le fracture en se séparant à la fois du projet et du souvenir. Les choses se passent dans l'instant. Élagué aux deux bouts, le temps médiatique est celui de la stricte immédiateté et même de l'*urgence*. Dans l'univers des médias, le temps n'est plus un allié, mais un ennemi. Nous n'avons plus le temps, l'expression peut s'entendre aux deux sens du terme. Nous ne possédons plus le temps, c'est lui qui nous possède. Il n'obéit plus vraiment à cet *écoulement*[2] inexorable dont se chagrinait la littérature romantique, il prend désormais la figure d'un *déferlement*[2]. C'est sur nous, sur nos vies, sur nos croyances que le temps déferle. À rester trop immobiles dans nos convictions, nous risquerions, pensons-nous, de manquer quelque chose de la marche du monde, une marche devenue course.

Nous avons l'impression – fausse, bien sûr – que le temps va plus vite et qu'il faut tout soumettre à cet emballement. Nous

---

[1]. L'auteur de l'article vient d'aborder différents aspects des médias, entre autres leur pouvoir de créer une conformité, leur goût des sondages, leur fonctionnement dans l'urgence.
[2]. En italique dans le texte.

avons peur de stagner, de ne pas changer assez vite, de rester en arrière, pénalisés par un retard qui deviendrait irrattrapable. La rumeur médiatique qui nous assiège – à laquelle il est difficile d'échapper – transporte avec elle un « trop-plein » de réel. Pour éviter d'être submergés nous n'avons d'autre recours que de nous dépêcher un peu plus. Inconsciemment, nous finissons par faire de la vitesse elle-même le symbole de l'innovation, de la réussite et, à la limite, du bonheur humain. Nous sommes pris au piège de ces rebonds infinis d'« actions » et de « réactions » qui s'intriquent[3] sur un rythme accéléré et derrière lesquels nous courons à en perdre haleine. La religion médiatique est d'abord réactive, émotive et inquiète. *Ce n'est pas une religion du salut mais de la perte*[2]. Le dogme[4] de l'immédiateté s'est installé au lieu et place du concept d'éternité qui fondait les croyances monothéistes. Il n'est ni moins religieux ni moins irrationnel. C'est une *construction imaginaire*[2], une « croyance mère » qui enfante des « croyances filles » à son image. Or, pareille construction imaginaire n'est pas seulement le produit indirect des nouvelles technologies médiatiques. Elle obéit également à des calculs intéressés. C'est la raison pour laquelle cette religion-là, elle aussi, est sujette à des crispations dogmatiques[5] et à des stratégies cléricales[6].

---

2. En italique dans le texte.
3. Qui s'entremêlent en agissant les uns sur les autres.
4. Opinion ou principe considéré comme une vérité indiscutable.
5. La « religion médiatique », c'est-à-dire la croyance dans les médias, peut subir des modifications d'idées dominantes, auxquelles il faut impérativement croire (dogmes).
6. Le domaine médiatique peut aussi être l'objet d'exploitations faites par une hiérarchie comparable à un clergé.

Pour analyser le document

1. Expliquez, sans reprendre textuellement l'extrait, en quoi les médias modifient notre relation au temps. Donnez quelques exemples qui illustrent ces modifications.

2. Les modifications de relation entraînent des modifications de comportement : exposez ces modifications et montrez en quoi on peut parler de « cercle vicieux ».

3. Comment celui qui parle passe-t-il à l'idée de religion ? Quelles sont les ressemblances que l'on peut établir entre médias et religion ?

ESSAI

Éric Vigne, *Le Livre et l'éditeur* (2008), © Éditions Klincksieck.

Dans un essai sociologique, Éric Vigne, lui-même éditeur, explique que l'on ne lit pas de la même manière un texte sur écran et un texte sur papier.

Le téléchargement est aux antipodes de la mise en perspective critique qui se déploie dans la lecture continue d'un texte : cette lecture est le moyen dont dispose chacun pour comprendre la dynamique globale d'une pensée[1] et de son écriture au sein d'un champ de savoir et des modalités de construction de ses objets qui lui sont propres. La pensée se déploie à travers des moments isolables physiquement, mais intellectuellement solidaires, auxquels on parvient par le suivi de la lecture dans la logique temporelle de ses propositions. L'internaute, lui, est conduit par son outil de recherche directement à la disposition topologique[2] d'une phrase, d'un mot, sans prendre connaissance de cette logique temporelle du processus de compréhension et d'écriture qui font que cette phrase, ce mot adviennent à ce moment précis de la

---
[1]. La manière dont évolue la pensée traduite par les mots.
[2]. La position matérielle d'une phrase par rapport à celles qui l'entourent.

structuration[3] du texte, et pas à un autre. Là où le lecteur parvient en cheminant, l'internaute atterrit par parachutage sans carte des lieux. Dans ces conditions, le lecteur a l'avantage de la vision globale, l'internaute celui de la rapidité d'atteindre un point de savoir parcellaire[4] par des liens d'indexation[5] qui ne diront pas leurs raisons.

La différence est plus essentielle qu'il n'y paraît. Un livre annonce le champ disciplinaire de son sujet : sur le suicide, il dira si son point de vue se construit selon les règles de la sociologie, les acquis de l'histoire, les constructions sérielles[6] de la statistique, ou le point d'appréhension analytique[7]. Jusqu'alors, le livre exigeait une modalité de lecture en adéquation idéale avec son écriture : celle de la patience d'une construction progressive qui a choisi une voie et un cheminement pour vous mener au point où à chaque instant le lecteur sait deviner sa situation dans la cartographie[8] imaginaire de l'auteur. Or, l'internaute, avons-nous rappelé, file droit aux pages, voire au passage qui l'intéresse selon une vision étroite, presque indexatrice[9], de ce dont il est en quête : son GPS[10] de l'immédiateté lui fait repérer le patronyme Aristote[11] mais, faute d'avoir pris le temps de la compréhension de l'amont qui surplombe ce passage disposé à ce moment du récit ou de la démonstration pour mieux en modeler l'aval, ce même internaute, dans des

---

3. La manière dont le texte est construit.
4. Fragmentaire.
5. La classification.
6. Le regroupement par séries.
7. Le choix d'approche par une analyse.
8. La disposition des éléments comme sur une carte.
9. Qui opère immédiatement une classification.
10. Instrument de guidage d'une voiture, d'un navire ou d'un avion. Le GPS détermine la voie à suivre.
11. Philosophe grec de l'Antiquité (384-322 avant J.-C.), qui fut le précepteur d'Alexandre le Grand.

habits de lecteur désormais trop grands pour lui, serait bien en peine de comprendre les rapports qu'entretenait le bon vieil Aristote avec un certain Stagirite[12].

Or, ces modalités de consultation, propres à l'univers numérique, tiennent désormais lieu de procédures de lecture dans l'univers du livre. On a vu que les éditeurs se précipitent vers les essais d'une centaine de pages, ce qui donne aux uns l'illusion que tout sujet peut se traiter en un nombre de pages restreint et aux autres le sentiment que l'avenir du livre passe par sa rétrogradation au statut d'article tiré[13] à la ligne, gonflé de formules sonores qui trouveront écho dans les studios.

Pour d'autres éditeurs, il s'agit d'intégrer ces modalités de lecture dans la construction même des ouvrages, notamment à destination du public étudiant. Rien que de légitime, quand on veut bien se souvenir que tant au plan historique qu'anthropologique, le passage du rouleau[14] au codex[15], puis du codex au volume a bouleversé les modalités de lecture, libérant notamment une main pour prendre des notes, ajouter des commentaires marginaux, etc. Intégrer dans la construction des ouvrages ces modalités nouvelles de lecture, c'est par exemple inciter, par des outils de navigation que sont les index ou les renvois internes, le lecteur à comprendre la construction du livre, donc la place qu'y occupe cela même qu'il est venu chercher.

---
12. Ce terme désigne aussi Aristote, né à Stagire.
13. Article allongé parce qu'il est payé à la ligne.
14. Rouleaux de papyrus utilisés dans l'Antiquité.
15. L'ancêtre du livre, formé de pages reliées entre elles.

Pour analyser le document

1. Expliquez, à partir du contenu des deux premiers paragraphes, les différences qui existent entre la lecture d'une page sur papier et l'approche d'une partie de texte par recherche informatique.

2. La démarche de recherche informatique a deux conséquences dans le monde de l'édition. Retrouvez ces conséquences dans les paragraphes 3 et 4 du texte et explicitez-les. Vers laquelle va l'approbation de celui qui parle ?

3. Dites quels sont, pour l'auteur, les risques de la lecture « parachutée ». Comment le document rejoint-il la notion de « détour » ?

AFFICHE PUBLICITAIRE

DOCUMENT 8

Affiche contre le passage du TGV dans le pays d'Aix-en-Provence (1990). Ph © Dennis Stock / Magnum Photos. (→ p. VII)

Pour analyser le document

1. Faites une description précise de ce que vous voyez sur l'image (éléments iconographiques et éléments textuels) et donnez le registre de l'ensemble.

2. Reprenez ensuite chacune des composantes iconographiques et expliquez en quoi elles constituent des arguments soutenant la thèse exprimée par les mots.

3. Expliquez d'où vient l'efficacité de l'affiche et en quoi elle se rattache à la notion de « détour ». En particulier, explicitez la référence à Paul Cézanne et cherchez l'origine de l'injonction qui lui est adressée.

VI LES DANGERS DU RACCOURCI

DOCUMENT 9

PHOTOGRAPHIE

Louis Schwartzberg, vue aérienne d'un **échangeur autoroutier à Vancouver**, Canada. Ph © Louis Schwartzberg / Gettyimages.

Pour analyser le document

1. Dites ce que vous voyez sur la photographie : quelle(s) impression(s) suggère-t-elle ? Qu'est-ce que permet la vue aérienne ?

2. Expliquez en quoi on peut parler ici d'aspects paradoxaux de la notion de « détour ».

POUR L'EXAMEN

Vers la synthèse

Deux documents

1. Rapprochez le texte de B. Chatwin (→ document 4, p. 121) et le poème de A. de Vigny (→ document 1, p. 139) pour mettre en relief leur prise de position par rapport à l'industrialisation.

2. Mettez en parallèle les propos de C. Honoré (→ document 6, p. 126) et ceux de N. Aubert (→ document 5, p. 149) pour faire apparaître ce qu'ils ont en commun.

3. Pourquoi peut-on rapprocher le texte de É. Vigne (→ document 7, p. 155) de celui de R. Huyghe (→ document 2, p. 140) ? Quelles modifications mettent-ils l'un et l'autre en évidence ?

4. Qu'ont en commun le texte de D. Wolton (→ document 4, p. 146) et celui de J.-C. Guillebaud (→ document 6, p. 153) ?

5. Rapprochez l'affiche contre le passage du TGV (→ document 8, p. 158 et p. VII) et le poème de A. de Vigny (→ document 1, p. 139) pour faire apparaître certains points communs.

Trois documents

6. Étudiez sous quelle(s) forme(s) se trouve abordée la question du temps dans les textes de M. Serres (→ document 3, p. 144), de N. Aubert (→ document 5, p. 149) et de J.-C. Guillebaud (→ document 6, p. 153). Expliquez aussi en quoi cette question se trouve associée au « détour ».

Quatre documents

7. Rapprochez l'entretien avec C. Honoré (→ document 6, p. 126), le texte de N. Aubert (→ document 5, p. 149), l'affiche contre le passage du TGV (→ document 8, p. 158 et p. VII) et le texte de D. Wolton (→ document 4, p. 146) autour de la notion de vitesse et de temps.

Vers l'écriture personnelle

Sujet 1

Lorsque vous lisez un document, préférez-vous le lire sur papier ou sur écran ? Donnez votre point de vue en le justifiant et en l'illustrant d'exemples.

Sujet 2

La recherche informatique, qui donne rapidement des réponses, vous semble-t-elle plus rapide et plus efficace que la recherche traditionnelle dans les livres ?

Sujet 3

Internet est-il un outil d'enrichissement et de développement de la culture ? Répondez de manière personnelle.

Sujet 4

Plusieurs auteurs de textes sociologiques opposent le temps médiatique à celui de la vie privée. Vous expliquerez cette idée d'opposition et vous donnerez votre point de vue personnel à ce sujet.

Sujet 5

Est-il vraiment utile d'aller toujours plus vite ? Répondez à cette question de manière personnelle, en prenant appui sur les documents lus et/ou étudiés.

CHAPITRE VII
DÉTOURS, SCIENCES ET ENSEIGNEMENT

163 Problématique

■ **TEXTES**

165 **1.** Claude Bernard, *Introduction à l'étude de la médecine expérimentale* (1865)

166 **2.** Stephen Jay Gould, *Darwin et les grandes énigmes de la vie* (1977)

170 **3.** François Aulas, Jean-Paul Vacher, *Le Doigt dans l'œil, petite anthologie des erreurs scientifiques* (1993), « Éloge de l'erreur »

175 **4.** Pierre Léna, *Universalia* (1994)

178 **5.** André de Peretti, François Muller, *Contes et fables pour l'enseignement moderne* (2006), « La Fable des animaux républicains »

181 **6.** Jean-Pierre Astolfi, *L'Erreur, un outil pour enseigner* (2006)

■ **IMAGE**

183 **7.** Schéma : Dolly, la copie génétique d'une brebis adulte (→ p. VII)

Pour analyser le document : après chaque document
Thèmes de réflexion, d'exposé ou de débat

184 **POUR L'EXAMEN :** *Vers la synthèse • Vers l'écriture personnelle*

> « L'évolution est sans but, non progressive et matérialiste.
> J'expose le fond du problème au moyen de charades amusantes. »
> STEPHEN JAY GOULD, *Darwin et les grandes énigmes de la vie.*

■ PROBLÉMATIQUE

Chez les moralistes, il est tout à fait admis de raconter des **petites histoires**, paraboles, fables et contes, pour mieux faire passer les **leçons**. Cela amuse et instruit tout à la fois et les enfants mémorisent mieux ce qu'on leur explique. Il arrive que les philosophes en fassent autant (→ DOCUMENT 1, p. 55 et 5, p. 63). Pourquoi les **scientifiques** n'useraient-ils pas eux aussi de ces détours ?

Les voies détournées du savoir et de la réflexion

Chacun sait que la science est un domaine difficile d'accès : le lexique, les notions, les relations entre les éléments, les raisonnements, rien n'est accessible aux non-spécialistes, qui sont pourtant curieux et avides de connaissances. Le chercheur P. Léna (→ DOCUMENT 4, p. 175) pose la question de la vulgarisation scientifique à la télévision et y répond par ce qu'il appelle « **l'art du détour** », que pratique aussi S. J. Gould (→ DOCUMENT 2, p. 166) lorsqu'il s'efforce de rendre claire et compréhensible la **théorie de l'évolution** selon Darwin. La confrontation directe avec le savoir abstrait est adoucie par la **médiation** de l'homme de science, qui raconte, illustre, présente ses découvertes sous une forme concrète, ou qui utilise des **charades** et des **chemins détournés**, souvent très inattendus. Différents moyens permettent de **contourner** les difficultés : appel à l'imagination, images, schémas (→ DOCUMENT 7, p. 183 et p. VII), analogies avec d'autres domaines, dont celui de la vie courante. Ainsi, La « Fable des animaux républicains » (→ DOCUMENT 6, p. 178), proposée à la réflexion de professeurs, facilite, dans le domaine de la didactique, la prise de conscience de réactions caractéristiques des enseignants face à la diversité des élèves d'une même classe. Le recours aux animaux dédramatise les situations évoquées, et fait mieux comprendre, avec humour, les spécificités de chacun.

La richesse de l'erreur et de l'errance

Mais le « **détour** » intervient aussi sur un autre plan dans le domaine des sciences. Tous les chercheurs disent que leurs recherches ont été un long cheminement semé de **fausses routes**, de **tâtonnements**, d'arrêts, de **pistes** ouvertes et abandonnées, de retour au point de départ. Dans toutes ces situations, auxquelles fait allusion C. Bernard (→ DOCUMENT 1, p. 165), le détour, volontaire ou non, a contribué à une **avancée** comme si, dans certaines circonstances, le chemin direct se révélait rempli d'embûches et la déviation riche en découvertes. À cela se rattache ce que l'on pourrait appeler l'**utilité de l'erreur**, dans tous les domaines : preuve que l'on ne sait pas, ou qu'on ne sait pas faire, l'erreur analysée indique quel est le manque, et comment on pourrait le combler. L'erreur est un **fourvoiement** utile qui permet d'aller de l'avant, comme le **détour** involontaire par un chemin erroné fait découvrir au voyageur ce qu'il n'aurait jamais vu autrement.

VII DÉTOURS, SCIENCES ET ENSEIGNEMENT

ESSAI

DOCUMENT 1

Claude Bernard (1813-1878), *Introduction à l'étude de la médecine expérimentale* (1865), première partie, « Du raisonnement expérimental », chapitre VI.

Dans un ouvrage consacré à la méthode expérimentale en médecine, C. Bernard étudie deux postures, celle de l'observateur et celle de l'expérimentateur.

Le savant qui veut embrasser l'ensemble des principes de la méthode expérimentale doit remplir deux ordres de conditions[1] et posséder deux qualités de l'esprit qui sont indispensables pour atteindre son but et arriver à la découverte de la vérité. D'abord le savant doit avoir une idée qu'il soumet au contrôle des faits ; mais en même temps il doit s'assurer que les faits qui servent de point de départ ou de contrôle à son idée sont justes et bien établis ; c'est pourquoi il doit être lui-même observateur et expérimentateur.

L'*observateur*[2], avons-nous dit, constate purement et simplement le phénomène qu'il a sous les yeux. Il ne doit avoir d'autre souci que de se prémunir contre les erreurs d'observation qui pourraient lui faire voir incomplètement ou mal définir un phénomène. À cet effet, il met en usage tous les instruments qui pourront l'aider à rendre son observation plus complète. L'observateur doit être le photographe des phénomènes, son observation doit représenter exactement la nature. Il faut observer sans idée préconçue ; l'esprit de l'observateur doit être passif, c'est-à-dire se taire ; il écoute la nature et écrit sous sa dictée.

---

1. Doit remplir deux sortes de conditions.
2. Termes en italique dans le texte d'origine.

Mais une fois le fait constaté et le phénomène bien observé, l'idée arrive, le raisonnement intervient et l'expérimentateur apparaît pour interpréter le phénomène.

L'*expérimentateur*[2], comme nous le savons déjà, est celui qui, en vertu d'une interprétation plus ou moins probable, mais anticipée des phénomènes observés, institue l'expérience de manière que, dans l'ordre logique de ses prévisions, elle fournisse un résultat qui serve de contrôle à l'hypothèse ou à l'idée préconçue. Pour cela l'expérimentateur réfléchit, essaye, tâtonne, compare et combine pour trouver les conditions expérimentales les plus propres à atteindre le but qu'il se propose. Il faut nécessairement expérimenter avec une idée préconçue. L'esprit de l'expérimentateur doit être actif, c'est-à-dire qu'il doit interroger la nature et lui poser les questions dans tous les sens, suivant les diverses hypothèses qui lui sont suggérées.

Pour analyser le document

1. Dans la recherche médicale, quels sont les rôles respectifs de l'observateur et de l'expérimentateur, selon C. Bernard ?

2. Quels « détours » peuvent constituer des obstacles dans la recherche de la vérité ? Quels détours peuvent au contraire la favoriser ? À quel moment du texte la notion de détour apparaît-elle ?

DOCUMENT 2

ESSAI

STEPHEN JAY GOULD (1941-2002), ***Darwin et les grandes énigmes de la vie*** (1977), « Prologue », coll. « Points », © Éditions du Seuil.

Le scientifique américain S. J. Gould explique ici sa manière de procéder pour exposer et faire comprendre la théorie de l'évolution.

VII DÉTOURS, SCIENCES ET ENSEIGNEMENT

La première partie explore la théorie de Darwin[1] elle-même, en particulier la philosophie qui a inspiré sa remarque à H.-J. Muller[2]. L'évolution est sans but, non progressive et matérialiste. J'expose le fond du problème au moyen de charades amusantes : qui était le naturaliste du *Beagle*[3] (ce n'était pas Darwin) ; pourquoi Darwin n'a-t-il pas employé le mot « évolution » et pourquoi a-t-il attendu vingt et un ans avant de publier sa théorie ?

L'application du darwinisme à l'évolution de l'homme constitue la deuxième partie. Je m'efforce de mettre en évidence à la fois que nous sommes « à part » et néanmoins partie du monde animal. Notre caractère « à part » résulte des processus ordinaires de l'évolution, non d'une prédestination à un statut supérieur.

Dans la troisième partie, j'expose les problèmes complexes de la théorie évolutionniste en appliquant celle-ci à des organismes bizarres. Ces essais traitent des bois géants du cerf, des mouches qui dévorent leur mère, des palourdes qui donnent naissance à un poisson-leurre et des bambous qui ne fleurissent qu'une fois tous les cent vingt ans – mais tous traitent des problèmes d'adaptation, de perfection et de phénomènes apparemment dépourvus de sens.

Dans la quatrième partie, j'applique la théorie évolutionniste à l'histoire de la vie. Il n'y a pas de progression constante, mais des époques d'extinction massive et de « spéciation[4] » rapide, séparées par de longues périodes de calme. Je mets l'accent sur deux

---

[1]. Naturaliste britannique (1809-1882), théoricien de l'évolution et auteur de *L'Origine des espèces*.
[2]. Généticien américain qui s'écria en 1959 : « Un siècle sans Darwin, cela commence à bien faire ! »
[3]. Navire sur lequel Darwin avait embarqué pour faire des recherches scientifiques.
[4]. Terme qui désigne le processus de différenciation des espèces.

événements : l'« explosion » du cambrien[5], qui est à l'origine de l'apparition d'animaux complexes, il y a environ 600 millions d'années, et l'extinction du permien[6], qui a fait disparaître la moitié des familles d'invertébrés marins, il y a environ 225 millions d'années.

De l'histoire de la vie, je passe à celle de la Terre (cinquième partie). Je parle des héros du passé (Lyell[7]) et des hérétiques d'aujourd'hui (Vélikovsky[8]), qui se sont attaqués à des problèmes d'ordre général. L'histoire géologique a-t-elle un sens ? Le changement est-il lent et constant, ou rapide et cataclysmique ? Dans quelle mesure l'histoire de la vie correspond-elle à l'histoire de la Terre ? Je montre que la « nouvelle géologie », celle qui en appelle aux plaques tectoniques et à la dérive des continents, peut apporter une solution à ces problèmes.

Dans la sixième partie, je m'efforce de procéder à une étude d'ensemble en me fondant sur un seul principe simple : l'influence de la taille sur la forme des objets. Je montre que cela s'applique à un ensemble étonnamment large de phénomènes — puisque cela concerne tout à la fois l'évolution des planètes, le cerveau des vertébrés et les églises médiévales.

La septième partie apparaîtra peut-être au lecteur comme une rupture. Je suis passé lentement des principes généraux à leurs applications particulières, avant de revenir à leur influence sur la vie et la Terre. Je m'intéresse maintenant à l'histoire de la pensée évolutionniste, plus particulièrement à la répercussion des idées politiques et sociales sur l'« objectivité » de la science.

---

5. Première période de l'ère primaire.
6. Dernière période de l'ère primaire.
7. Géologue britannique (1797-1875) ami de Darwin.
8. Psychiatre russe (1895-1979) dont les travaux en astronomie ont provoqué de nombreuses discussions.

VII DÉTOURS, SCIENCES ET ENSEIGNEMENT

La science n'est pas une marche inexorable vers la vérité. Les hommes de science, comme tous les hommes, intègrent à leurs théories les idées politiques et sociales de leur époque. Comme ils jouissent, dans la société, d'un statut privilégié, il leur arrive souvent de justifier les structures sociales existantes par le déterminisme biologique. J'illustre ce fait par un débat au sein de l'embryologie du XIXe siècle, l'évolution humaine selon Engels[9], la théorie du délinquant-né suivant Lombroso[10] et une anecdote tirée des catacombes du racisme scientifique.

La dernière partie continue sur ce thème, mais elle est consacrée aux conceptions contemporaines de la « nature humaine » et à l'influence de la mauvaise utilisation de la théorie évolutionniste sur la politique sociale actuelle. Je commence par montrer que le déterminisme biologique, qui présente nos ancêtres comme des « singes tueurs », l'agressivité et la territorialité comme innées, la passivité féminine comme une exigence de la nature, les différences de QI comme raciales, etc., n'est que le reflet des préjugés sociaux, qu'il ne repose sur rien et qu'il est la plus récente incarnation d'une longue tradition dans l'histoire de l'Occident – celle qui consiste à établir l'infériorité biologique de la victime ou, comme a dit Condorcet[11], à « s'assurer la complicité de la biologie ». Puis, je parle de ce qui me plaît et de ce qui me déplaît dans la « sociobiologie[12] » et son analyse darwinienne de la nature humaine [...].

---

9. Théoricien socialiste et homme politique allemand (1820-1895), ami de Karl Marx, dont il partageait l'idéologie.
10. Médecin et criminologiste italien (1835-1906) qui s'est intéressé à la notion de « criminel-né ».
11. Mathématicien et philosophe français (1743-1794) ; arrêté et emprisonné pendant la Révolution, il s'empoisonna.
12. La biologie mise au service de la sociologie.

Pour analyser le document

1. Définissez la structure du texte en paragraphes. À quoi correspond chacun d'eux et quel est le thème abordé par chacun ?

2. Chaque paragraphe comporte des verbes à la première personne du présent. Repérez ces verbes et dites ce qu'ils ont en commun en plus de leur temps et de leur personne grammaticale. Qu'indiquent-ils au lecteur ?

3. À partir des réponses précédentes, caractérisez la manière de procéder de S. J. Gould. Comment, par quels « détours » s'efforce-t-il de rendre accessibles des questions scientifiques complexes ? Vous pouvez répondre à cette question sous forme de tableau.

ESSAI

DOCUMENT 3

FRANÇOIS AULAS, JEAN-PAUL VACHER, *Le Doigt dans l'œil, petite anthologie exemplaire des erreurs scientifiques* (1993), « Éloge de l'erreur », © Éditions Lieu commun – Edima.

Dans un essai consacré aux erreurs scientifiques, figure une nouvelle dont le titre, « Éloge de l'erreur », rappelle que dans le monde de la recherche, il est parfois utile de se tromper.

Un savant chenu[1], besicles[2] sur le nez, progressait à pas comptés. Chemin faisant, il cueillait, çà et là, des courbes, des chiffres, des images et des formules. Il était sur la trace de résultats. La route avait été fort longue, cahoteuse, poussié-
5 reuse, tortueuse et imprévisible. Mais, depuis le temps qu'il la

---

1. Marqué par l'âge.
2. Lunettes.

VII DÉTOURS, SCIENCES ET ENSEIGNEMENT

suivait, il pouvait en prévoir les accidents, déceler à temps les culs-de-sac, anticiper les magnifiques panoramas un instant entrevus, économiser son souffle dans les montées, éviter l'emballement dans les descentes, négocier les virages, se garder des abîmes séducteurs, conserver fidèlement son cap... bref, il était devenu un scientifique expérimenté.

Ces derniers temps, il se sentait de plus en plus sûr de lui. Sans nul doute, il approchait de son but : la découverte qui serait le couronnement de ses travaux. Il souriait, fier de son astuce et de sa persévérance, jouissant par avance des éloges de ses collègues, brûlant du désir anticipé de raconter, le soir à la veillée, sa quête merveilleuse.

Au détour d'un virage, l'esprit tout à ses recherches, il se cogna par inadvertance contre une information, une belle information, utile, flatteuse et réjouissante. Mais, sous le coup de la surprise et impatient de toucher au but, il ne s'aperçut pas que son chemin venait de croiser le pire ennemi qu'il puisse imaginer : une erreur. La trouvaille avait belle apparence. À sa vue, le savant se sentit pris d'une émotion depuis si longtemps oubliée qu'il en fut tout retourné. Le rouge lui monta aux joues et son cœur se mit à battre. Il s'arrêta pour mieux la contempler.

Abandonnée, fragile et innocente, cachée à la vue de tout autre que lui, elle semblait promettre à notre savant succès, fortune et gloire. Il se sentit transformé, une vigueur nouvelle l'envahit. Sa belle trouvaille irradiait jeunesse et santé, elle lui ouvrait les portes du succès. Sous cette lumière éblouissante, son travail quotidien et ses collègues étriqués lui parurent bien fades. Comment avait-il pu supporter si longtemps cette ambiance délétère, lui dont les capacités n'avaient jamais été reconnues à leur pleine mesure. Il en était à présent persuadé, la nouvelle donnée en poche, il pouvait désormais clamer à la face du monde son génie créateur.

Voilà, il avait enfin trouvé – un peu par hasard, il voulait bien le reconnaître, mais après toute une vie de labeur, ce n'était après tout que justice –, il l'avait devant les yeux : la preuve définitive qui confortait l'intime certitude de toute sa vie et qui allait couronner sa déjà longue carrière. La providence scientifique récompensait enfin son obstination inlassable.

   Pour la première fois depuis qu'il parcourait son fastidieux chemin, il décida de s'accorder un instant de repos. Finies les vérifications méticuleuses et tatillonnes, terminées les expériences en double aveugle[3], au rancart les méthodes soupçonneuses. Tout cela, il le laissait à d'autres, il pouvait désormais se reposer sans crainte sur sa toute nouvelle certitude méritée. Une fois n'est pas coutume, il pouvait jouir de sa trouvaille en toute sérénité. Plutôt que de sortir le calepin qui ne le quittait jamais et d'aussitôt prendre notes, croquis ou mesures sur cet événement inespéré, il s'allongea sur l'herbe tendre dans l'ombre fraîche d'un bouleau, étira ses jambes, les yeux mi-clos tournés vers le ciel. Épuisé et ravi, il sombra dans une rêverie bienheureuse.

   Dans un frac noir, il avançait raide et digne, fendait la foule, avant de s'incliner devant l'Académie suédoise[4] et de recevoir la récompense ultime. Sous les applaudissements nourris, il monta les quelques marches qui menaient à la tribune. Son regard, ému et satisfait, parcourut l'aréopage venu du monde entier lui rendre hommage. Concentré, il rassembla ses notes, prit une longue inspiration...

   À cet instant précis, le sifflement d'un merle moqueur interrompit la si belle rêverie. Réveillé en sursaut, notre savant

---
3. Méthode d'étude d'un traitement médical en comparaison avec un traitement connu. Dans cette méthode, les malades et les médecins ignorent lequel des deux traitements est connu.
4. Académie qui décerne les différents prix Nobel.

chercha aussitôt des yeux la cause du songe prémonitoire qu'il venait à regret de quitter. Elle était toujours là, sa trouvaille, indolemment étendue à ses côtés. Mais, à son grand effroi, il la reconnut à peine. Était-ce là la belle inconnue qui l'avait si fort enthousiasmé ? Médusé, il la voyait à présent sous son vrai visage : une erreur ! Une erreur typique, comme on en trouve dans les livres. Comment lui, le scientifique averti, avait-il pu succomber à ces tristes appâts et oublier si vite tout esprit critique ? Il en était tout confus. Humblement, il se leva et reprit sa route sans un regard pour cette pauvresse.

Les yeux baissés, il se remit à cheminer lentement, méditant sur les raisons de son égarement. Jamais, il ne s'était senti autant humilié. Pour l'avoir si douloureusement expérimenté, il comprenait à présent que rien n'était jamais acquis et que la certitude n'était l'apanage que des sots.

Bientôt il se maudit de s'être ainsi laissé entraîner malgré sa longue expérience, faite de rigueur et de circonspection. Piqué au vif, il se redressa, rassembla toute son énergie et s'élança d'un pas affermi. Il était décidé à se reprendre et à mobiliser toute son intelligence et son savoir-faire pour se prouver qu'il pouvait surmonter un instant d'égarement.

Tout en marchant d'un pas alerte mais prudent, le savant sortit son calepin et se mit à y jeter des notes, des remarques, des esquisses de calcul que lui suggéraient ses cogitations sur la belle « trouvaille » qui avait croisé son chemin quelques instants auparavant, cette cuisante erreur dont il se devait pourtant de tirer parti. Plus il avançait, moins il comprenait. Toute sa théorie devenait si confuse. Cette nouvelle information ne rentrait pas dans le cadre prévu, elle remettait tout en question et pourtant elle lui semblait de quelque façon capitale. Ses travaux antérieurs, si éloquents, ne lui apparaissaient plus que comme une voie de garage. Une voie sans issue. Le doute s'insinuait en lui. Toutes ses années de labeur n'étaient-elles pas bâties sur une gigantesque méprise ?

Il chemina ainsi pendant d'interminables heures, perdu dans ses pensées, à tourner et retourner son problème en tous sens, ne remarquant ni la soif ni la faim qui torturaient son corps vieillissant, insensible à la lente montée de l'obscurité et au changement imperceptible des paysages traversés.

Et puis soudain, en un éclair, tout fut évident, clair et lumineux. Une vague de joie le submergea. Il avait trouvé. Il leva les yeux. Devant lui s'étendait un paysage aride et somptueux baigné d'une douce lumière crépusculaire. Il pouvait en distinguer les moindres détails, les plus secrètes anfractuosités, les plus lointains vallonnements. C'était là sa destination finale, il en avait la tranquille assurance. Toutes les pièces du puzzle s'emboîtaient exactement. D'imperceptibles glissements avaient tout déformé pour recomposer un nouvel ensemble.

Serein et heureux, il savait qu'il lui restait à accomplir le principal. Il devait reprendre son bâton de pèlerin et user les routes poudreuses des nouvelles contrées qui s'étendaient, vierges, sous ses yeux, il devait en décrire chaque détail, en baliser soigneusement les contours, en explorer chaque recoin. Il devait en établir une carte précise et fiable à son propre usage pour pouvoir ensuite servir de guide impartial et compétent à tous ses collègues qui, un jour ou l'autre, viendraient lui demander conseil et assistance avant de s'engager sur de nouvelles pistes aux frontières de sa carte.

Et le savant, besicles sur le nez, rayonnant d'une inextinguible force intérieure, sourit aux longues heures de travail qui s'annonçaient à lui.

VII DÉTOURS, SCIENCES ET ENSEIGNEMENT

Pour analyser le document

1. Donnez le thème de l'histoire et résumez-la en tenant compte de la succession des épisodes et des différentes étapes.

2. Dans chacun des épisodes de l'histoire, mettez en évidence l'état d'esprit du héros et les qualités ou les défauts soulignés par le narrateur.

3. Quelle est la leçon qu'il convient de tirer de cette petite nouvelle concernant le travail de la recherche scientifique, les risques de se tromper, le caractère bénéfique et révélateur de certaines erreurs ? Quels sont les deux niveaux d'approche de la notion de « détour » dans ce document ?

Thèmes de réflexion, d'exposé ou de débat

1. Qu'appelle-t-on théorie de l'évolution ? Faites une recherche pour exposer de manière rapide et simple la théorie de Darwin. Cherchez aussi pourquoi elle se trouve contestée au nom de certaines croyances religieuses.

2. Plusieurs documents de cette anthologie renvoient à la notion de « carte » : retrouvez-les et mettez en relief les différentes significations que l'on peut trouver à cette référence commune dans le cadre d'une réflexion diversifiée sur la notion de « détour ».

ARTICLE D'ENCYCLOPÉDIE

DOCUMENT 4

PIERRE LÉNA, *Universalia*, supplément scientifique annuel de l'*Encyclopaedia Universalis* (1994).

Astrophysicien et universitaire, Pierre Léna s'intéresse ici à la manière de rendre la science accessible au large public des téléspectateurs.

175

Il faut donc s'interroger sur la légitimité de la science à la télévision. La réponse tient en peu de mots : les émissions scientifiques ne peuvent pas avoir pour but de communiquer un savoir trop complexe, – au vocabulaire souvent ésotérique[1]. L'image même, dont la richesse d'information fait la puissance, devient difficile à « lire » lorsqu'elle touche à la science. Les objets, les machines (postes de pilotage d'un avion moderne, fusée, radar...) sont souvent « illisibles » dans le contexte de l'attention télévisuelle. Les « images de la science » (images médicales, traces de particules élémentaires, objets géologiques ou astronomiques, cartes en fausses couleurs de l'environnement terrestre, images de synthèse fractales[2], etc.) ne sont pas lues de façon semblable par le scientifique ou le technicien qui en connaissent les codes et en apprécient l'utilité, et par le téléspectateur pour lequel elles s'apparentent plutôt à de l'art abstrait, avec sa beauté formelle mais inintelligible au premier abord. Le « donner à voir » est difficile, car les outils et les objets de la science sont aujourd'hui très complexes : un transistor ou un circuit intégré, une synapse[3], une galaxie ne parlent pas d'eux-mêmes.

La présence de la science à la télévision doit d'abord permettre une activité d'éveil, de questionnement, d'appel à la curiosité. Il s'agit d'apprendre à regarder, d'élargir la vision du monde, d'appeler à s'émerveiller devant le réel le téléspectateur qui revient de son travail ou l'enfant prêt à enregistrer toute image. La télévision éducative et didactique, qui propose un réel apprentissage de connaissance, relève d'une tout autre logique, qui n'est pas le propos de cette brève synthèse. [...]

---

[1]. Difficile à comprendre, réservé aux spécialistes.
[2]. Dont la création ou la forme est réglée par une fragmentation.
[3]. Point de contact entre deux cellules nerveuses.

VII DÉTOURS, SCIENCES ET ENSEIGNEMENT

Une des difficultés majeures consiste à rencontrer le public : la crainte du didactisme[4] le fera volontiers fuir si on prétend lui apprendre quelque chose. L'art du détour s'impose. Là, les recettes ne manquent pas. Tantôt, on jouera sur le présentateur vedette – figure rassurante et fidélisante, conteur et bonimenteur –, qui est plutôt « du côté du public » par son ignorance que du côté des savants trop savants. Tantôt au contraire, ce sera l'homme-savant qui comptera, plutôt que son message : un prix Nobel et ses souvenirs d'enfance font monter l'audience. Le public est alors amené à découvrir non la science, mais d'abord ceux qui la font, et la façon dont ils s'y prennent pour la faire. En somme, c'est le processus de création à l'œuvre qui fait de la science une histoire humaine, avec toutes ses bifurcations et ses à-peu-près, plutôt qu'un monument intemporel et inaccessible de la pensée comme soudain figée dans une vérité réservée à de rares initiés. Si les ressorts de l'activité scientifique ou technique sont aussi et surtout l'exercice de la pensée rationnelle et l'usage de l'outil mathématique, le message télévisuel ne peut guère s'appuyer sur ce type de discours. Il lui faut pénétrer dans un univers symbolique propre au téléspectateur, adopter un vocabulaire simple sous peine de jeter aisément une poudre aux yeux séduisante mais volontiers mensongère, faire appel à l'émotion et au sens esthétique.

---

4. Démarche qui a pour visée d'instruire.

Pour analyser le document

1. Retrouvez dans le texte les différentes raisons pour lesquelles il est difficile de traiter des questions scientifiques à la télévision.

2. Quels doivent être, selon P. Léna, les objectifs des émissions scientifiques ?

3. En quoi consiste « l'art du détour » dont parle l'auteur ? Récapitulez les idées qu'il donne et faites apparaître ce qu'elles ont en commun.

Thèmes de réflexion, d'exposé ou de débat

1. Recherchez des exemples de démarches « détournées » qui peuvent se révéler très efficaces dans le domaine des études scientifiques.

2. En l'appliquant à des domaines variés, faites, au choix, l'éloge ou la critique de l'erreur.

ESSAI

ANDRÉ DE PERETTI, FRANÇOIS MULLER, *Contes et fables pour l'enseignement moderne* (2006), « La Fable des animaux républicains », © Hachette Éducation.

A. de Peretti et F. Muller proposent des fables destinées non à instruire les enfants, mais à faire réfléchir les enseignants et à les former.

La fable

« Un jour, les animaux décidèrent de faire quelque chose pour résoudre les problèmes du monde moderne. Pour cela, ils organisèrent des élections et nommèrent un ours, un blaireau et un castor membres de la Commission d'enseignement. Un hérisson fut engagé comme professeur. Le programme scolaire consistait à courir, grimper, nager et voler ; afin de faciliter l'enseignement, l'on décida que toutes ces disciplines seraient obligatoires.

Le canard battait tout le monde à la nage, même son

professeur ; mais il était très médiocre quand il s'agissait de voler et complètement nul à la course. C'était un si mauvais élève qu'on décida de lui donner des leçons particulières : il devait courir pendant que les autres allaient nager. Mais cet entraînement meurtrit tellement ses pieds palmés qu'il obtint à peine la moyenne à l'examen de natation.

L'écureuil grimpait mieux que quiconque ; en escalade, il avait toujours 18 sur 20, la meilleure note. Voler, par contre, lui déplaisait profondément car le professeur exigeait qu'il sautât du haut de la colline, alors que lui préférait s'élancer de la cime des arbres. Il se surmena tant qu'au bout d'un certain temps il n'obtint plus que 8 en escalade et 6 à la course.

L'aigle était une forte tête que l'on punissait très souvent. Il éclipsait tous les autres quand il fallait grimper aux arbres, mais ne voulait utiliser que sa propre méthode. On décida donc de le mettre dans une classe d'observation.

Le lapin était avant tout le champion de la course à pied, mais les heures supplémentaires qu'on lui fit faire à la piscine finirent par lui donner une dépression nerveuse.

À la fin de l'année scolaire, une anguille prodige – médaille d'or de natation, elle savait aussi grimper, courir et même un peu voler – obtint la meilleure moyenne dans toutes les disciplines. Elle fut donc désignée pour prononcer le discours de fin d'année lors de la distribution des prix.

La taupe ne put aller en classe : creuser des galeries ne figurait pas au programme scolaire. Elle n'eut donc d'autre choix que d'envoyer ses enfants en apprentissage chez le blaireau. Plus tard, ils s'associèrent avec les sangliers pour fonder une école privée, et celle-ci eut beaucoup de succès.

Mais l'école de la forêt qui était censée résoudre les problèmes du monde moderne dut fermer ses portes, au grand soulagement de tous les animaux. »

Respect et richesse de l'hétérogénéité

La fable des animaux que l'on vient de lire ou relire met en scène la métaphore d'un enseignement commun et homogénéisant, imposé à des animaux aux modes d'existence différents, sinon inconciliables. Elle nous interroge sur la mise en compatibilité, par « tronc commun », « socles » ou cultures, des personnes humaines, sachant que chacune d'elles a des traits originaux qui la distinguent des autres.

La question du socle commun est posée, comme celle de la liberté de l'enseignant. Jusqu'où et comment peut-on homogénéiser, uniformiser les références, les comportements, la culture et l'insertion sociale ? Ou encore, quelle souplesse préserver dans les procédures qui visent le développement harmonieux des personnalités ?

On peut discuter de tout cela, car la parabole est drôle ; mais elle nous questionne. En prenant trop fortement appui sur la spécification d'espèces animales différentes les unes des autres, on serait amené à penser trouver dans les rejetons de l'espèce humaine une hétérogénéité irréductible.

N'est-ce pas actuellement le leitmotiv de nombre d'enseignants à propos de leurs élèves, avec en arrière-plan une hypothétique homogénéité perdue ? De quoi s'agit-il exactement ? Cela engage des valeurs qui commandent très implicitement le système de l'enseignement.

Pour analyser le document

1. Donnez le thème du document et expliquez les relations de sens entre son contenu et son titre. À quoi peut-on déterminer que le texte a pour destinataire des enseignants ?

2. Qu'est-ce que met en évidence l'énumération des cas particuliers des différents animaux ? Effectuez une transposition pour mettre en

VII DÉTOURS, SCIENCES ET ENSEIGNEMENT

lumière ce que représentent ces animaux et dites ce que permet un tel choix.

3. La deuxième partie du document donne en quelque sorte les clés de la première. Vérifiez de cette façon que vous avez bien compris la fable et sa portée, puis reformulez, à l'aide de cette deuxième partie, les différentes problématiques abordées.

DOCUMENT 6

ESSAI

JEAN-PIERRE ASTOLFI, *L'Erreur, un outil pour enseigner* (2006), © Éditions ESF.

Erreur, errer, errance... Pour J.-P. Astolfi, didacticien enseignant les sciences de l'éducation, se tromper n'est pas toujours une démarche négative et révélatrice de manques chez celui qui la commet. C'est un instrument utile aux enseignants.

L'erreur retrouve ici son étymologie latine d'« *errer çà et là* », et, seulement au sens figuré, celui d'incertitude, d'ignorance, et même d'hérésie, car l'erreur a pu mener jusqu'au bûcher... Comment ne pas « errer » quand l'on ne connaît pas déjà le chemin ? Si quelqu'un nous le désigne, nous pouvons bien sûr éviter grâce à lui l'errance temporaire, mais nous savons bien que la première fois que nous serons seul, nous n'éviterons pas d'avoir à nous approprier, en première personne, ce qui faisait jusque-là l'objet du guidage.

L'erreur a ainsi à voir avec le *voyage*, dont Michel Serres[1] a montré qu'il est une figure déterminante de tout apprentissage

---
1. Philosophe. Voir p. 144.

(Serres, 1991). Mais attention, il s'agit bien d'un voyage avec ce que cela comporte de dépaysement et de risque et non d'un simple déplacement ou trajet balisé. Il faut citer ici le beau commentaire qu'en donnent P. Meirieu et M. Develay[2] dans *Émile*[3] *reviens vite… ils sont devenus fous*.

« *Il ne suffit pas de faire le chemin à côté de celui qui apprend : le fait que le guide connaisse l'itinéraire ne supprime pas les terreurs qui naissent au regard de paysages et de formes inconnues. Le fait que celui qui est à vos côtés vous explique qu'il a fait mille fois le chemin ne lève pas l'inquiétude de ne pas en être soi-même capable. Et puis vient toujours un moment où le guide vous laisse seul avec votre peur, où toute votre volonté se tend dans un geste impossible, où vous n'êtes plus qu'un pied qui ne peut s'arracher du sol, qu'une main qui ne peut s'arracher de la paroi. Plus rien, à ce moment, n'existe autour de vous. Vous n'entendez ni les propos rassurants de vos camarades, ni les encouragements du guide, ni les menaces des responsables de l'expédition. Vous êtes seul avec un rocher, un chemin, un mot. La fatigue vous submerge. Vous vous agrippez à votre mot, à votre énoncé, à votre idée comme à une branche que vous ne voulez pas lâcher. Ce détail insignifiant prend des proportions énormes, vous ne voyez plus que lui. Vous ne bougez plus. Vous voudriez tourner les talons… Puis, tout à coup, vous trouvez le courage de vous lancer : vos yeux courent sur la page jusqu'à ce qu'ils trouvent une expression où se fixer, ils s'y attardent et, de là, vont explorer les alentours. Votre pensée se dénoue, abandonne les vieilles représentations sur lesquelles elle était fixée, elle se détend et agrège quelques parcelles de nouveauté, surprise que la chose, à tout prendre, ne soit pas plus difficile.* »

---

[2]. Spécialistes des sciences de l'éducation.
[3]. Référence au traité d'éducation de J.-J. Rousseau, *Émile ou de l'Éducation* (1762).

VII DÉTOURS, SCIENCES ET ENSEIGNEMENT

Pour analyser le document

1. Erreur/errance : comment se fait le rapprochement entre les deux termes dans le texte ? Expliquez la métaphore utilisée par l'auteur.

2. Récapitulez dans les trois paragraphes les différentes caractéristiques des situations d'errance génératrices d'erreurs.

3. Dans la longue citation en italique, quel est l'effet produit par l'utilisation de la deuxième personne et par l'expression d'une expérience à la fois diverse et exemplaire ?

SCHÉMA

DOCUMENT 7

Dolly, la copie génétique d'une brebis adulte, schéma édité dans un ouvrage scolaire de *Sciences et vie de la Terre 3ᵉ*, Éditions Hatier, 1999. Ph © Éditions Hatier. (→ p. VII)

Pour analyser le document

1. Décrivez ce que vous voyez sur le schéma et dites avec précision ce qu'il permet de comprendre dans le processus de clonage.

2. Par quels moyens graphiques le schéma rend-il plus facile et plus clair le processus exposé ? Qu'est-ce qui est particulièrement mis en évidence ?

3. En quoi ce schéma renvoie-t-il à la notion de « détour » ?

Thème de réflexion, d'exposé ou de débat

Organisez un débat pour mettre en opposition des jugements concernant l'erreur : elle est facteur de progrès / elle montre un « non-savoir ».

POUR L'EXAMEN

Vers la synthèse

DEUX DOCUMENTS

1. Mettez en parallèle le texte de F. Aulas et J.-P. Vacher (→ DOCUMENT 3, p. 170) et celui de A. de Peretti et F. Muller (→ DOCUMENT 5, p. 178) pour montrer l'utilité didactique du détour narratif.

2. Sur quel(s) point(s) peut-on rapprocher le texte de S. J. Gould (→ DOCUMENT 2, p. 166) et la fable de A. de Peretti et F. Muller (→ DOCUMENT 5, p. 178) ?

TROIS DOCUMENTS

3. Expliquez en quoi on pourrait rapprocher (forme et objectifs) l'« Éloge de l'erreur » (→ DOCUMENT 3, p. 170) du texte de Fontenelle (→ DOCUMENT 5, p. 63) et de celui de Boileau (→ DOCUMENT 4, p. 61).

4. Regroupez la fable de La Fontaine (→ DOCUMENT 7, p. 67), le texte de Boileau (→ DOCUMENT 4, p. 61) et le texte de A. de Peretti et F. Muller (→ DOCUMENT 5, p. 178), pour mettre en relief l'efficacité du discours narratif dans la démarche didactique.

QUATRE DOCUMENTS

5. Ajoutez aux trois documents de l'exercice 3 « La Fable des animaux républicains » (→ DOCUMENT 5, p. 178) et expliquez à quels détours les auteurs de ces textes font appel pour mieux faire comprendre leurs idées.

Vers l'écriture personnelle

Sujet 1

La télévision vous semble-t-elle un outil efficace pour aborder, expliquer et faire comprendre les questions scientifiques ? Répondez de manière argumentée. N'oubliez pas de donner des exemples.

Sujet 2

Dans le domaine des apprentissages scolaires, l'erreur est souvent utile. Peut-on cependant en dire autant de toute erreur ? Vous répondrez à cette question de manière personnelle et argumentée, sans faire une énumération d'exemples d'erreurs.

Sujet 3

Vous ferez l'éloge de l'erreur en montrant comment elle peut être un facteur de progrès. Prenez appui sur les textes que vous avez lus ou étudiés.

Sujet 4

Qu'est-ce qui vous paraît le plus efficace pour faire comprendre un processus scientifique : le détour par le texte explicatif ou le détour par l'image ? Répondez à cette question en vous aidant des différents documents que vous avez étudiés.

Sujet 5

L'erreur est utile, mais elle est souvent mal vécue. Vous développerez ces deux constats en les justifiant, puis vous direz comment vous vous situez, personnellement, par rapport à la notion d'erreur.

CHAPITRE VIII
DÉTOURS ET STRATÉGIES

187 Problématique

■ TEXTES

189 **1.** Xénophon, *L'Hipparque ou le Commandant de cavalerie* (365 avant J.-C.)

191 **2.** Denis Diderot, *Jacques le fataliste et son maître* (1771-1776)

194 **3.** Pierre Choderlos de Laclos, *Les Liaisons dangereuses* (1782)

197 **4.** Roger Caillois, *Les Jeux et les Hommes* (1967)

199 **5.** Albert Jacquard, *Abécédaire de l'ambiguïté* (1989)

201 **6.** Edward N. Luttwak, *Le Paradoxe de la stratégie* (1989)

203 **7.** Gérard Chaliand, *Anthologie mondiale de la stratégie* (1990)

■ IMAGES

206 **8.** Carte : le débarquement des Alliés en Normandie (6 juin 1944)

207 **9.** Affiche : « Si j'étais séropositive ? », campagne de sensibilisation réalisée par l'association AIDES (2006-2007) (→ p. VIII)

Pour analyser le document : après chaque document
Thèmes de réflexion, d'exposé ou de débat

208 **POUR L'EXAMEN :** *Vers la synthèse* • *Vers l'écriture personnelle*

> « *La science militaire consiste à bien calculer toutes les chances d'abord, et ensuite à faire exactement, presque mathématiquement, la part du hasard.* »
> NAPOLÉON.

■ PROBLÉMATIQUE

Au terme d'un parcours qui s'est attaché à définir, à travers des documents divers, les différents sens et emplois du mot « **détour** », on ne s'étonnera pas que le dernier chapitre soit consacré à la notion de **stratégie**, définie par le dictionnaire Larousse comme « *l'art de manœuvrer habilement pour atteindre un but* ». On rejoint par là les notions de **subterfuge** et de **ruse** de la première définition (→ DOCUMENT 1, p. 15), notions que l'on trouve aussi bien dans l'art de la guerre que dans celui du jeu, dans la manière de structurer un récit romanesque ou de mener à bien une entreprise de séduction.

L'art de la manœuvre

Quel que soit le domaine où s'exerce la **stratégie**, il est question de calcul préalable, de **manœuvre** en fonction d'un objectif qui est de vaincre un adversaire, marquer des points, remporter une victoire, dérouter un lecteur et l'obliger à réfléchir (→ DOCUMENT 2, p. 191). Le stratège observe, choisit le terrain, anticipe, suppute les risques – ce qui constitue autant de **détours préalables** – et met en jeu ce qui est supposé assurer la réussite. Dans le **jeu** (→ DOCUMENT 4, p. 197), il convient avant tout de respecter la règle, mais à l'intérieur des conventions, les joueurs se trouvent confrontés à des décisions qui n'engagent pas qu'eux parce qu'ils ne peuvent les prendre, chacun, qu'en imaginant les réactions possibles de l'adversaire. Dans la guerre, il en est de même, mais sans règle du jeu, et tous les coups sont permis : dans ses conseils à un jeune hipparque (→ DOCUMENT 1, p. 189), Xénophon évoque beaucoup la ruse. Encore faut-il l'associer à l'évaluation d'un certain nombre d'hypothèses concernant les réactions de celui qui se trouve en face : si l'on pense qu'il s'attend à une **attaque directe**, c'est le **détour** qu'il faut privilégier, dans un choix raisonné, mais qui ne repose que sur des suppositions. Dans une entreprise de séduction vécue comme une stratégie guerrière (→ DOCUMENT 3, p. 194), il s'agit, en présence d'un « ennemi » difficile, d'utiliser toutes les situations qui s'offrent, ce qui relève à la fois de l'improvisation et de l'expérience, de la prévision et de l'adaptation. Comme dans la guerre, c'est là que le **détour** se révèle utile, parce qu'il permet d'exploiter une faiblesse de l'adversaire en détournant son attention et ses défenses.

Chance et hasard

Mais les calculs, les hypothèses, les manœuvres, les détours stratégiques sont eux-mêmes tributaires de deux éléments aléatoires sur lesquels le stratège ne peut rien, *a priori*, mais qui peuvent lui apporter une aide s'il sait en profiter. Il s'agit de la **chance** et du **hasard**, qui viennent contrecarrer ou aider le déroulement d'une bataille ou d'une partie, favoriser une **liberté d'action** ou ruiner des plans. Dans tous les choix dits stratégiques – dans le domaine de l'économie, de la politique, de la diplomatie – on peut associer le **détour** à l'idée de manœuvre, mais on doit tenir compte du fait que tout reste suspendu à des éléments inconnus, à la logique paradoxale dont parle E. N. Luttwak (→ DOCUMENT 6, p. 201) et à des aléas qui minimisent l'idée de **liberté de choix** en faisant peser sur la réussite le poids des incertitudes.

VIII DÉTOURS ET STRATÉGIES

TRAITÉ DE STRATÉGIE

DOCUMENT 1

XÉNOPHON (430-355 avant J.-C.), ***L'Hipparque ou le Commandant de cavalerie*** (365 avant J.-C.), chapitre V, traduction du grec ancien par Pierre Chambry (1967), *Œuvres complètes*, tome 1, © Éditions GF-Flammarion.

Homme de guerre, historien et philosophe, le Grec Xénophon a composé un traité de stratégie fondé sur sa propre expérience du commandement militaire. Il s'adresse à un jeune commandant de cavalerie, un hipparque.

Pour intimider l'ennemi, tu as la ressource des fausses embuscades, des faux renforts, des fausses nouvelles. Ce qui l'enhardit le plus au contraire, c'est d'apprendre que ses adversaires ont des embarras et des difficultés.

Voilà ce que j'avais à recommander par écrit ; mais il faut que le commandant imagine lui-même une ruse en chaque circonstance qui se présente ; car il n'y a véritablement rien de plus utile à la guerre que la ruse. Les enfants eux-mêmes, quand ils jouent à « combien ai-je dans la main ? » parviennent à tromper en présentant la main de manière à faire croire qu'ils ont beaucoup quand ils ont peu, et en la tendant de telle façon qu'ils paraissent avoir peu quand ils ont beaucoup. Comment des hommes faits s'appliquant à tromper n'arriveraient-ils pas à trouver des ruses semblables ? Qu'on se rappelle les succès remportés à la guerre, on verra que les plus nombreux et les plus importants ont été dus à la ruse. En conséquence, ou bien il ne faut pas se mêler de commander, ou bien, indépendamment des autres dispositions, il faut encore demander aux dieux le talent de tromper et s'y ingénier soi-même.

Quand on est près de la mer, on peut tromper l'ennemi,

soit en équipant une flotte et en faisant une attaque sur terre, soit en faisant semblant de préparer une attaque sur terre et en attaquant par mer.

C'est encore le fait du commandant de représenter à ses concitoyens combien une force de cavalerie sans fantassins est faible à côté d'une autre qui a des fantassins dans ses rangs. Et, quand on lui a donné des fantassins, c'est à lui à savoir s'en servir. Il peut les cacher non seulement au milieu de ses cavaliers, mais encore derrière les chevaux ; car l'homme à cheval est bien plus grand que le piéton. Tous ces moyens et ceux qu'on peut imaginer en outre pour vaincre l'ennemi par force ou par ruse, je conseille qu'on ne les emploie qu'avec l'aide des dieux, afin que, si les dieux sont propices, la fortune vous favorise aussi.

C'est parfois un excellent stratagème de feindre une extrême circonspection et la crainte de risquer ; cette feinte engage souvent les ennemis à relâcher leur vigilance et à commettre des fautes. Mais si une fois on est connu comme audacieux, on peut, tout en se tenant tranquille, mais en feignant de vouloir agir, causer des embarras à l'ennemi.

Pour analyser le document

1. À partir de la présence de plusieurs termes récurrents, dites quelle est, d'après celui qui parle, la démarche la plus fréquente et la plus efficace dans la conduite de la guerre. Quel élément supplémentaire semble jouer un rôle important ?

2. Déterminez la fonction des différents exemples dans le texte et dites quelles sont les leçons à retenir du texte.

3. Quelles sont les relations que l'on peut établir entre le thème du texte et la notion de « détour » ?

VIII DÉTOURS ET STRATÉGIES

ROMAN

DOCUMENT 2

DENIS DIDEROT (1713-1784), *Jacques le fataliste et son maître* (1771-1776), incipit.

Le roman Jacques le fataliste et son maître *met en scène deux personnages dont l'un, Jacques, cherche à raconter à l'autre « l'histoire de ses amours », mais à peine commence-t-il qu'il est interrompu... Le roman prend ainsi une forme particulière de nature à dérouter le lecteur.*

Comment s'étaient-ils rencontrés ? Par hasard, comme tout le monde. Comment s'appelaient-ils ? Que vous importe ? D'où venaient-ils ? Du lieu le plus prochain. Où allaient-ils ? Est-ce que l'on sait où l'on va ? Que disaient-ils ? Le maître ne
5 disait rien ; et Jacques disait que son capitaine disait que tout ce qui nous arrive de bien et de mal ici-bas était écrit là-haut.
LE MAÎTRE. C'est un grand mot que cela.
JACQUES. Mon capitaine ajoutait que chaque balle qui partait d'un fusil avait son billet[1].
10 LE MAÎTRE. Et il avait raison...
Après une courte pause, Jaques s'écria : Que le diable emporte le cabaretier et son cabaret !
LE MAÎTRE. Pourquoi donner au diable son prochain ? Cela n'est pas chrétien.
15 JACQUES. C'est que, tandis que je m'enivre de son mauvais vin, j'oublie de mener nos chevaux à l'abreuvoir. Mon père s'en aperçoit ; il se fâche. Je hoche de la tête ; il prend un bâton et m'en frotte un peu durement les épaules. Un régiment passait

---

[1]. Ce terme désigne à l'époque un passeport donnant la liberté d'entrer dans un lieu.

pour aller au camp devant Fontenoy² ; de dépit je m'enrôle. Nous arrivons ; la bataille se donne.

LE MAÎTRE. Et tu reçois la balle à ton adresse.

JACQUES. Vous l'avez deviné ; un coup de feu au genou ; et Dieu sait les bonnes et mauvaises aventures amenées par ce coup de feu. Elles se tiennent ni plus ni moins que les chaînons d'une gourmette³. Sans ce coup de feu, par exemple, je crois que je n'aurais été amoureux de ma vie, ni boiteux.

LE MAÎTRE. Tu as donc été amoureux ?

JACQUES. Si je l'ai été !

LE MAÎTRE. Et cela par un coup de feu ?

JACQUES. Par un coup de feu.

LE MAÎTRE. Tu ne m'en as jamais dit un mot.

JACQUES. Je le crois bien.

LE MAÎTRE. Et pourquoi cela ?

JACQUES. C'est que cela ne pouvait être dit ni plus tôt ni plus tard.

LE MAÎTRE. Et le moment d'apprendre ces amours est-il venu ?

JACQUES. Qui le sait ?

LE MAÎTRE. À tout hasard, commence toujours...

Jacques commença l'histoire de ses amours. C'était l'après-dînée⁴ : il faisait un temps lourd ; son maître s'endormit. La nuit les surprit au milieu des champs ; les voilà fourvoyés⁵. Voilà le maître dans une colère terrible et tombant à grands coups de fouet sur son valet, et le pauvre diable disant à chaque coup : « Celui-là était apparemment encore écrit là-haut... »

Vous voyez, lecteur, que je suis en beau chemin, et qu'il

---

2. Victoire française (1745) dans la guerre de la succession d'Autriche.
3. Petite chaîne qui fixe le mors dans la bouche d'un cheval.
4. Le dîner est le repas de la mi-journée.
5. Égarés.

ne tiendrait qu'à moi de vous faire attendre un an, deux ans, trois ans, le récit des amours de Jacques, en le séparant de son maître et en leur faisant courir à chacun tous les hasards[6] qu'il me plairait. Qu'est-ce qui m'empêcherait de marier le maître et de le faire cocu ? d'embarquer Jacques pour les îles[7] ? d'y conduire son maître ? de les ramener tous les deux en France sur le même vaisseau ? Qu'il est facile de faire des contes ! Mais ils en seront quittes l'un et l'autre pour une mauvaise nuit, et vous pour ce délai.

L'aube du jour parut. Les voilà remontés sur leurs bêtes et poursuivant leur chemin. – Et où allaient-ils ? – Voilà la seconde fois que vous me faites cette question, et la seconde fois que je vous réponds : Qu'est-ce que cela vous fait ? Si j'entame le sujet de leur voyage, adieu les amours de Jacques...

---

6. Les aventures.
7. Les Antilles.

Pour analyser le document

1. Trouvez dans le texte plusieurs exemples de situations dans lesquelles le lecteur se trouve « détourné » de ce qu'il pouvait attendre.

2. Déterminez qui est le responsable de ces détours et de quel pouvoir il dispose. En quoi peut-on parler ici de stratégie ?

3. L'histoire de Jacques est le prétexte à différentes réflexions littéraires d'une part, philosophiques de l'autre : sur quoi le lecteur est-il invité à réfléchir dans le contexte littéraire d'une part, dans le contexte philosophique d'autre part ?

ROMAN

DOCUMENT 3

Pierre Choderlos de Laclos (1741-1803), ***Les Liaisons dangereuses*** (1782), extrait de la lettre 125, « Le vicomte de Valmont à la marquise de Merteuil ».

Les Liaisons dangereuses, roman par lettres, ont pour héros principaux le vicomte de Valmont et la marquise de Merteuil. Pour reconquérir cette dernière, qui fut antérieurement sa maîtresse, le libertin Valmont s'est engagé à séduire une femme vertueuse, madame de Tourvel. Il raconte ici à la marquise, destinataire de la lettre, comment il a mené l'ultime phase de sa campagne de séduction.

Jusque-là, ma belle amie, vous me trouverez, je crois, une pureté de méthode qui vous fera plaisir ; et vous verrez que je ne me suis écarté en rien des vrais principes de cette guerre[1], que nous avons remarquée souvent être si semblable à l'autre. Jugez-moi donc comme Turenne[2] ou Frédéric[3]. J'ai forcé à combatte l'ennemi qui ne voulait que temporiser[4] ; je me suis donné, par de savantes manœuvres, le choix du terrain et celui des dispositions ; j'ai su inspirer la sécurité à l'ennemi, pour le joindre plus facilement dans sa retraite ; j'ai su y faire succéder la terreur, avant d'en venir au combat ; je n'ai rien mis au hasard, que par la considération d'un grand avantage en cas de succès, et la certitude des ressources en cas de défaite ; enfin, je n'ai engagé l'action qu'avec une retraite assurée, par où je pusse couvrir et conserver tout ce que j'avais conquis

---

1. La guerre de conquête amoureuse, comparable à la vraie guerre de conquête territoriale.
2. Maréchal de France (1611-1675), vainqueur de nombreuses batailles et connu pour ses analyses précises et rapides des situations sur le terrain.
3. Le roi Frédéric II de Prusse (1712-1786). Il forma une armée devenue la meilleure d'Europe.
4. Gagner du temps.

précédemment. C'est, je crois, tout ce qu'on peut faire ; mais je crains, à présent, de m'être amolli comme Annibal dans les délices de Capoue[5]. Voilà ce qui s'est passé depuis.

Je m'attendais bien qu'un si grand événement ne se passerait pas sans les larmes et le désespoir d'usage ; et si je remarquai d'abord un peu plus de confusion, et une sorte de recueillement, j'attribuai l'un et l'autre à l'état de Prude[6] : aussi, sans m'occuper de ces légères différences que je croyais purement locales, je suivais simplement la grande route des consolations, bien persuadé que, comme il arrive d'ordinaire, les sensations aideraient le sentiment et qu'une seule action ferait plus que tous les discours, que pourtant je ne négligeais pas. Mais je trouvai une résistance vraiment effrayante, moins encore par son excès que par la forme sous laquelle elle se montrait.

Figurez-vous une femme assise, d'une raideur immobile, et d'une figure invariable ; n'ayant l'air ni de penser, ni d'écouter, ni d'entendre ; dont les yeux fixes laissent échapper des larmes assez continues, mais qui coulent sans effort. Telle était Mme de Tourvel, pendant mes discours ; mais si j'essayais de ramener son attention vers moi par une caresse, par le geste même le plus innocent, à cette apparente apathie succédaient aussitôt la terreur, la suffocation, les convulsions, les sanglots, et quelques cris par intervalles, mais sans un mot articulé.

Ces crises revinrent plusieurs fois, et toujours plus fortes ; la dernière même fut si violente que j'en fus entièrement découragé et craignis un moment d'avoir remporté une victoire inutile. Je me rabattis sur les lieux communs d'usage ; et dans le nombre se trouva celui-ci : « Et vous êtes dans le désespoir,

---

5. Après avoir vaincu les Romains à Cannes (216 avant J.-C.), le général et homme d'État carthaginois Hannibal (247-183 avant J.-C.) s'arrêta dans la ville de Capoue où son armée s'amollit, sans qu'il puisse tirer profit de sa victoire.
6. Femme d'une pudeur excessive.

parce que vous avez fait mon bonheur ? » À ce mot, l'adorable femme se tourna vers moi ; et sa figure, quoique encore un peu égarée, avait pourtant déjà repris son expression céleste. « Votre bonheur », me dit-elle. Vous devinez ma réponse. « Vous êtes donc heureux ? » Je redoublai les protestations. « Et heureux par moi ! » J'ajoutai les louanges et les tendres propos. Tandis que je parlais, tous ses membres s'assouplirent ; elle retomba avec mollesse, appuyée sur son fauteuil ; et m'abandonnant une main que j'avais osé prendre : « Je sens, dit-elle, que cette idée me console et me soulage. »

Vous jugez qu'ainsi remis sur la voie, je ne la quittai plus ; c'était réellement la bonne, et peut-être la seule. Aussi quand je voulus tenter un second succès, j'éprouvai d'abord quelque résistance, et ce qui s'était passé auparavant me rendait circonspect : mais ayant appelé à mon secours cette même idée de mon bonheur, j'en ressentis bientôt les favorables effets : « Vous avez raison, me dit la tendre personne ; je ne puis plus supporter mon existence qu'autant qu'elle servira à vous rendre heureux. Je m'y consacre tout entière : dès ce moment je me donne à vous, et vous n'éprouverez de ma part ni refus, ni regrets. » Ce fut avec cette candeur naïve ou sublime qu'elle me livra sa personne et ses charmes, et qu'elle augmenta mon bonheur en le partageant.

Pour analyser le document

1. À quels indices le lecteur peut-il comprendre que Valmont assimile son entreprise à une campagne militaire ? Où ces indices sont-ils surtout concentrés ?

2. Dans le récit qui commence au deuxième paragraphe, qu'est-ce qui caractérise le comportement de celui qui parle ? Qu'est-ce qui permet de parler de « stratégie » ? En quoi consiste-t-elle ?

3. Quels éléments suggèrent l'existence, chez Valmont, d'une expérience de la conquête amoureuse ? Où se situe ici la notion de « détour » ? Quel(s) sens faut-il alors donner à ce terme ?

Thème de réflexion, d'exposé ou de débat

Le roman épistolaire *Les Liaisons dangereuses* présente plusieurs formes de « détours ». Outre la stratégie de Valmont, on peut parler des détours de l'intrigue, de détours des lettres et de détour du langage. Explicitez ces trois modalités de « détour » et illustrez-les par des exemples précis tirés de l'œuvre.

ESSAI

DOCUMENT 4

ROGER CAILLOIS (1913-1978), ***Les Jeux et les Hommes*** (1967), « Compléments, II. De la pédagogie aux mathématiques », coll. « Folio essais », © Éditions Gallimard.

Dans l'essai Les Jeux et les Hommes, *le sociologue et anthropologue R. Caillois s'intéresse aux relations entre les hommes et les jeux, à ce qui relève du combat ou de l'action, et à ce qui vient du hasard.*

Récemment, des mathématiciens, combinant le calcul des probabilités et la topologie[1], ont fondé une science nouvelle, dont les applications paraissent des plus variées : la théorie des jeux stratégiques.

5 Cette fois, il s'agit de jeux dans lesquels les joueurs sont des *adversaires*[2] appelés à se *défendre*[2], c'est-à-dire où ils ont, à chaque

---

[1]. Branche des mathématiques.
[2]. Termes en italique dans le texte.

situation successive, un choix raisonné à faire et des décisions appropriées à prendre. Ce genre de jeux est propre à servir de modèle aux questions qui se posent communément dans les domaines économique, commercial, politique ou militaire. L'ambition est née de procurer une solution nécessaire, scientifique, au-delà de toute controverse à des difficultés concrètes, mais chiffrables au moins approximativement. On commença par les situations les plus simples : pile ou face, jeu de papier-pierre-ciseaux (le papier bat la pierre en l'enveloppant, la pierre bat les ciseaux en les rompant, les ciseaux battent le papier en le coupant), poker simplifié à l'extrême, duels d'avions, etc. On fit entrer dans le calcul des éléments psychologiques comme la *ruse*[2] et le *bluff*[2]. On appelait *ruse* « la perspicacité d'un joueur à prévoir le comportement de ses adversaires » et *bluff* la réponse à cette ruse, c'est-à-dire « tantôt l'art de dissimuler à (un) adversaire (nos) informations, tantôt celui de le tromper sur (nos) intentions, tantôt, enfin, celui de lui faire sous-estimer (notre) habileté ».

Un doute subsiste néanmoins sur la portée pratique, et même sur le bien-fondé de pareilles spéculations hors des mathématiques pures. Elles reposent sur deux postulats indispensables à la déduction rigoureuse et qui, par hypothèse, ne se rencontrent jamais dans l'univers continu et infini de la réalité : le premier, la possibilité d'une information totale, je veux dire qui épuise les données utiles ; le second, la concurrence d'adversaires dont les initiatives sont toujours prises en connaissance de cause, dans l'attente d'un résultat précis, et qui sont supposés choisir la meilleure solution. Or, dans la réalité, d'une part, les données utiles ne sont pas dénombrables

---

2. Termes en italique dans le texte.

VIII DÉTOURS ET STRATÉGIES

a priori ; d'autre part, on ne saurait éliminer le rôle, chez l'adversaire, de l'erreur, du caprice, de l'inspiration sotte, de n'importe quelle décision arbitraire et inexplicable, d'une superstition saugrenue et jusqu'à la volonté délibérée de perdre, qu'il n'y
40 a pas de motif absolu d'exclure de l'absurde univers humain. Mathématiquement, ces anomalies n'engendrent aucune difficulté nouvelle : elles ramènent à un cas précédent, déjà résolu. Mais humainement, pour le joueur concret, il n'en est pas de même, car tout l'intérêt du jeu réside précisément dans cette
45 concurrence inextricable de possibles.

Pour analyser le document

1. Présentez le texte en donnant son thème et sa structure.

2. Donnez les caractéristiques des jeux dont parle R. Caillois, leurs objectifs et leur mise en place progressive. Expliquez en quoi ils se rattachent à la notion de stratégie.

3. Quelles limites et obstacles la seconde partie du texte met-elle en évidence ? Sous quelles formes la notion de « détour » apparaît-elle dans le texte ?

ESSAI

DOCUMENT 5

ALBERT JACQUARD (né en 1925), ***Abécédaire de l'ambiguïté*** (1989), « B comme BIFURCATION », coll. « Points », © Éditions du Seuil.

Abécédaire de l'ambiguïté est un dictionnaire à l'envers, qui commence par Z et finit par A et dans lequel le généticien A. Jacquard aborde différents problèmes de société à partir de certains mots.

199

Soudain le chemin que je suis[1] se dédouble. Où aller ? À droite ? À gauche ?

Bifurcation est synonyme d'hésitation, de flou. Les deux parcours qui se présentent sont l'image concrète des deux sens d'un terme ambigu ; l'un et l'autre peuvent être empruntés ; l'un et l'autre peuvent être compris. La bifurcation déconcerte, elle rompt une routine, elle déconnecte demain d'aujourd'hui ; dans un parcours que l'on croyait rigoureux, elle insère la possibilité de l'inattendu.

Bifurcation est donc, dans cette logique même, synonyme de décision, car c'est la bifurcation qui permet un choix. Tant que le chemin est bien balisé, enserré entre deux clôtures, je me contente d'avancer ; je n'échappe pas à cette prison longiligne. La bifurcation propose une alternative, m'accule à l'option, m'apporte une opportunité d'évasion, me donne le désir de liberté.

Mais, plus encore, bifurcation est synonyme de volonté ; car il n'est pas nécessaire d'attendre un carrefour ; je peux délibérément créer moi-même la bifurcation, briser la clôture, me frayer un passage à travers les broussailles, me donner à moi-même un autre horizon. Je ne me contente plus des possibles offerts, j'en imagine d'autres et je les réalise. Encore faut-il d'abord le vouloir, et provoquer le sursaut ; alors qu'il est si confortable de se laisser aller dans le courant naturel des choses.

---

[1]. L'auteur indique lui-même en note qu'il peut s'agir du verbe *suivre* ou du verbe *être*.

Pour analyser le document

1. Établissez une liste des différents sens du mot « bifurcation » donnés par A. Jacquard et dites à quoi ils s'opposent.

VIII DÉTOURS ET STRATÉGIES

2. Quelle notion apparaît dans les lignes 17-25 ? En quoi est-elle importante sur le plan humain ?

3. Bifurcation et détour. Qu'est ce qui rapproche ces deux termes ?

Thèmes de réflexion, d'exposé ou de débat

1. Recherchez et exposez différentes situations de la vie courante dans lesquelles il peut être nécessaire de mettre au point une « stratégie », en vous fondant sur la définition suivante : « Art de coordonner des actions, de manœuvrer habilement pour atteindre un but » (dictionnaire *Larousse*). Montrez ensuite en quoi la stratégie est associée à la notion de « détour ».

2. Plusieurs documents de cette anthologie font apparaître la notion de choix possible, parfois nécessaire, entre plusieurs voies, plusieurs solutions, plusieurs possibilités. Retrouvez des exemples de telles situations et expliquez en quoi elles se rattachent à différents sens du mot « détour ».

3. Chemin tracé et balisé, alternative, choix, décision : ces termes renvoient à une problématique essentielle de la vie humaine. Quels termes antinomiques cette problématique met-elle en relation ?

ESSAI

EDWARD N. LUTTWAK (né en 1942), *Le Paradoxe de la stratégie* (1989), traduction de l'américain par Marc Saporta, © Éditions Odile Jacob.

Spécialiste en stratégie, E. N. Luttwak met en lumière, dans un ouvrage consacré à l'analyse de stratégies différentes et historiques, les innombrables contradictions de la guerre.

Considérons un choix tactique ordinaire, comme on en fait souvent au cours d'une guerre. Par exemple, une force qui réalise une progression peut se trouver devant deux routes, l'une bonne et l'autre mauvaise, pour faire mouvement en direction de son objectif ; la première est large, directe et bien entretenue ; la seconde étroite, sinueuse, n'est même pas pavée. Nul n'hésiterait sur la voie à prendre, sauf dans le domaine de la stratégie, qui suppose un affrontement, car c'est seulement dans l'hypothèse d'un combat possible que la mauvaise route se trouve être la *bonne précisément parce qu'elle est mauvaise*[1] et peut se trouver moins fortement défendue ou même être laissée sans défense aucune par l'ennemi. Pour les mêmes raisons, la bonne route sera probablement la plus mauvaise précisément parce qu'elle est la meilleure des deux et que les défenseurs auront plus de raisons de prévoir une attaque dans cette direction et de s'y préparer.

Ainsi, dans ce cas, la logique paradoxale de la stratégie conduit à une interversion totale des contraires. Au lieu que le terme A tende vers son contraire B, comme lorsqu'on prépare la guerre pour préserver la paix, ici A devient effectivement B et B devient A. Cet exemple n'est nullement fallacieux. Bien au contraire, une manifestation courante de l'ingéniosité tactique consiste à accorder une préférence paradoxale au moment le moins opportun et à l'itinéraire le plus défavorable, aux préparatifs manifestement et délibérément insuffisants, aux voies d'accès les plus dangereuses en apparence, aux combats de nuit livrés dans des conditions météorologiques défavorables – et cela en vertu de l'essence même de la guerre. Dans la conduite de la guerre, chaque élément séparé peut être d'une grande simplicité et se ramener à un déplacement d'un point à un autre

---

[1]. Expression en italique dans le texte.

VIII DÉTOURS ET STRATÉGIES

(parfois distant de quelques mètres à peine), à l'emploi d'armes dont le maniement a dû être répété mille fois à l'entraînement, à la transmission et la compréhension d'ordres dont le sens est souvent d'une simplicité transparente, mais la *totalité* de ces éléments simples peut devenir d'une complication énorme face à un ennemi vivant qui réagit et s'emploie à défaire tout ce qui est en train de se faire, grâce à ses propres mouvements et en usant de sa propre force.

Pour analyser le document

1. À partir des oppositions de termes qui figurent dans le texte, expliquez en quoi consiste le paradoxe énoncé par l'auteur : en quoi peut-on parler de « *logique paradoxale* » ?

2. Le second paragraphe propose trois raisonnements qui relèvent de la stratégie : reformulez-les et explicitez-les en montrant ce qu'ils ont en commun.

3. Par quel(s) sens le mot « détour » peut-il être rapproché des situations abordées par ce texte ?

DOCUMENT 7

ESSAI

GÉRARD CHALIAND (né en 1934), ***Anthologie mondiale de la stratégie*** (1990), introduction, coll. « Bouquins », © Éditions Robert Laffont.

Géostratège, G. Chaliand est l'auteur d'une anthologie qui regroupe un nombre important de textes et d'auteurs spécialistes de stratégie militaire.

Au plan général, la stratégie est fondée sur l'intelligence[1] des rapports de force. Mais la stratégie militaire requiert une définition plus précise : elle concerne l'usage de la force pour arracher une décision politique, elle est l'art d'organiser la violence dans la conduite de la guerre – et de la non-guerre, comme aujourd'hui.

Selon Clausewitz[2], il s'agit de « contraindre l'adversaire à accepter notre volonté » et, selon Beaufre[3], de « l'art de la dialectique[4] des volontés employant la force pour résoudre un conflit ». Dans cette dialectique des volontés, on perçoit à quel point la psychologie est essentielle. Quel est l'élément, la situation qui va contraindre l'ennemi à plier ? Napoléon, par exemple, en 1812, lors de la campagne de Russie, ne parvient pas à briser la volonté du tsar Alexandre. La prise de Moscou ne suffit pas, ni les pertes essuyées par Koutouzov[5] à la Moskova[6]. En fait, de plus en plus mystique, le tsar associe Napoléon à l'Antéchrist[7]. C'est Saint-Pétersbourg et la cour qu'il aurait fallu pouvoir frapper et non la tourbe méprisée des moujiks[8]. L'escalade aérienne et les bombardements américains sur le Nord-Vietnam de 1965 à 1972 n'ont pas non plus fait plier Hanoï.

L'effondrement de l'adversaire peut être atteint par une panoplie de moyens organisés par une vision d'ensemble.

---

[1]. Compréhension et appréciation.
[2]. Général et théoricien militaire prussien (1780-1831), nommé directeur de l'École générale de guerre de Berlin après avoir combattu contre Napoléon.
[3]. Général français (1902-1975), auteur de *Dissuasion et stratégie* (1964).
[4]. La confrontation.
[5]. Général russe (1745-1813) qui commanda victorieusement les armées russes face à Napoléon.
[6]. Bataille qui opposa devant Moscou, le 7 septembre 1812, l'armée de Napoléon à celle du général Koutouzov.
[7]. Adversaire du Christ qui, selon le texte de l'Apocalypse, doit venir, avant la fin du monde, s'opposer à l'établissement du royaume de Dieu.
[8]. La foule des paysans russes.

C'est ce que j'appelle l'évaluation et l'organisation du champ stratégique et de la manœuvre au sens large, et celles-ci restent constamment dépendantes d'une « dialectique des incertitudes » (L. Poirier [9]).

Les modèles peuvent varier suivant la marge de manœuvre ou la liberté d'action (selon l'expression de Xénophon[10]) dont on dispose. Conflit visant à la victoire par anéantissement de l'adversaire (Napoléon) — technique utilisée chaque fois que l'un des protagonistes a le sentiment qu'il peut, sans risque excessif, y parvenir en concentrant ses forces en un point jugé vulnérable de l'ennemi ; ou bien approche indirecte visant à user l'adversaire sur les plans moral, matériel et militaire par la dispersion et/ou le harcèlement sans engager d'un coup tous ses moyens. Ce modèle a été souvent utilisé en Asie. Il implique une dimension temporelle qui est double : durée et moment favorable, ce dernier élément, dynamique, requérant surprise et rapidité. Le premier modèle utilise l'offensive bien qu'il puisse y avoir combinaison de la forme défensive/offensive. Le second tend à se servir de l'offensive de façon infiniment moins systématique et s'efforce de multiplier le théâtre de la confrontation.

Les choix sont évidemment faits en fonction des contraintes, des incertitudes, des objectifs, des circonstances parfois, des cultures stratégiques.

---

9. Général de réserve français né en 1918, théoricien de la dissuasion nucléaire.
10. Voir p. 189.

Pour analyser le document

1. Indiquez le thème de l'extrait et la manière dont il est construit.

2. Récapitulez et reformulez les idées essentielles du texte.

3. Quelles sont les incertitudes qui font qu'une stratégie ne peut réussir à coup sûr ?

DOCUMENT 8

CARTE

Carte détaillant le **débarquement des Alliés en Normandie**, le 6 juin 1944.
Ph © Bettmann / Corbis.

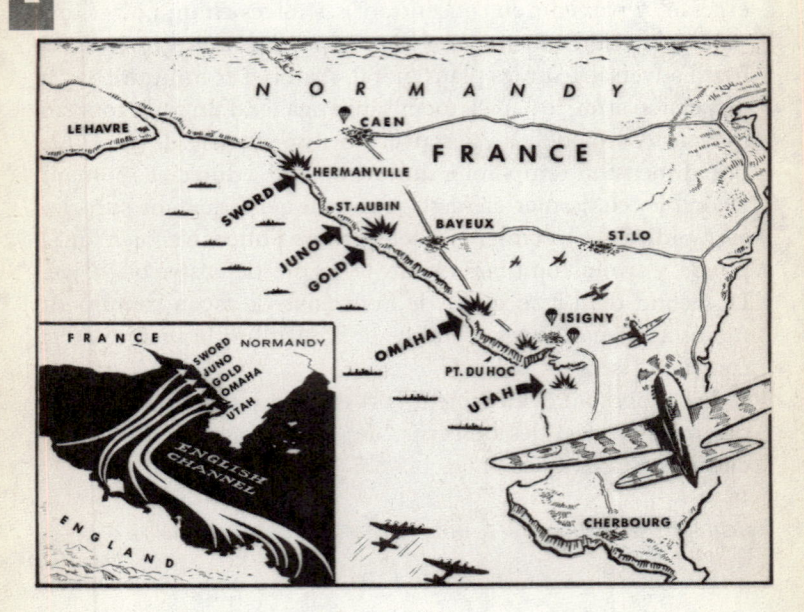

Pour analyser le document

1. Décrivez ce que vous voyez sur l'image. Quelle est l'utilité de l'encadré en bas à gauche ?

VIII DÉTOURS ET STRATÉGIES

2. En quoi s'agit-il d'un schéma plus que d'une véritable carte géographique ? Qu'est-ce qui se trouve mis en relief ?

3. Qu'est ce qui permet, sur cette représentation, de parler de stratégie dans le sens d'organisation concertée dans un objectif précis ?

AFFICHE

DOCUMENT 9

Si j'étais séropositive ?, campagne de sensibilisation réalisée par l'association AIDES pour lutter contre l'exclusion et la discrimination des malades du sida (fin 2006-2007). © AIDES / www.aides.org
(→ p. VIII)

Pour analyser le document

1. Identifiez les différentes composantes de cette affiche : annonceur, argumentaire, slogan, visuel.

2. Quel est l'objectif annoncé de la campagne de l'association AIDES ?

3. Expliquez par quel « détour » se met en place une argumentation indirecte. Comment l'attention du spectateur est-elle attirée ? Quels liens peut-on trouver entre le message écrit et l'image ?

Thème de réflexion, d'exposé ou de débat

Les concepteurs de publicité utilisent souvent des voies détournées pour atteindre le public. Faites une recherche pour trouver et exposer différentes affiches publicitaires dont la relation objectif / texte / image n'est pas immédiatement visible.

POUR L'EXAMEN

Vers la synthèse

Deux documents

1. Rapprochez le texte de Xénophon (→ DOCUMENT 1, p. 189) de l'article de dictionnaire (→ DOCUMENT 1, p. 15) : à quel sens du mot « détour » se rattache la notion de stratégie ?

2. Mettez en parallèle le texte de R. Caillois (→ DOCUMENT 4, p. 197) et le texte de G. Chaliand (→ DOCUMENT 7, p. 203) pour étudier d'où viennent les incertitudes qui peuvent faire échouer différentes stratégies.

3. Sur quels plans peut-on rapprocher le texte de M. Kundera (→ DOCUMENT 8, p. 103) et celui de C. de Laclos (→ DOCUMENT 3, p. 194) ?

4. Expliquez en quoi on peut rapprocher le texte d'A. Jacquard (→ DOCUMENT 5, p. 199) et celui de D. Diderot (→ DOCUMENT 2, p. 191).

Trois documents

5. La présentation de la *Carte de Tendre* dans *Clélie* (→ DOCUMENT 1, p. 83 et p. III), l'extrait de *La Lenteur* (→ DOCUMENT 8, p. 103) et l'extrait des *Liaisons dangereuses* (→ DOCUMENT 3, p. 194) associent la vie amoureuse à la notion de « détour » sous des formes différentes. Expliquez en quoi, dans les trois cas, on peut parler de « détour » et quelles sont les différences entre les trois itinéraires.

6. Autour de quels aspects communs peut-on rapprocher les textes de Xénophon (→ DOCUMENT 1, p. 189), de R. Caillois (→ DOCUMENT 4, p. 197) et de E. N. Luttwak (→ DOCUMENT 6, p. 201) ?

Quatre documents

7. Vous ferez la synthèse des documents suivants : texte de Xénophon extrait de *L'Hipparque* (→ DOCUMENT 1, p. 189), texte de R. Caillois extrait de l'essai *Les Jeux et les Hommes* (→ DOCUMENT 4, p. 197), texte de E. N. Luttwak extrait de l'ouvrage *Les Paradoxes de la stratégie* (→ DOCUMENT 6, p. 201) et texte de G. Chaliand extrait de l'*Anthologie mondiale de la stratégie* (→ DOCUMENT 7, p. 203).

Vers l'écriture personnelle

Sujet 1

Organisation de sa vie et stratégie : jugez-vous possible, souhaitable, impossible, de « gérer » sa propre vie en fonction de stratégies préétablies ? Répondez de manière personnelle à cette question.

Sujet 2

En quoi la notion de « détour » rencontre-t-elle celles de hasard, de liberté et de destin ?

Sujet 3

Contournement ou affrontement ? Dans certaines situations de la vie, quelle attitude vous semble la meilleure ?

Sujet 4

Dans la recommandation de Napoléon : « *bien calculer toutes les chances* […] *faire exactement, presque mathématiquement* la part du hasard » (p. 187), laquelle des deux voies vous semble la plus efficace ?

FICHE 1 : Déterminer qui parle dans un document textuel

On peut être tenté de penser que toute idée émise dans un document écrit traduit la pensée de l'auteur. Or, il arrive que celui-ci formule des idées **qui ne sont pas les siennes**, et avec lesquelles il se trouve même en désaccord. Il est donc important de savoir répondre avec exactitude à la double question : « **Qui parle ? À qui appartiennent les idées exprimées ?** »

Dans les documents qui relèvent de la fiction

Il est facile d'identifier qui parle dans les situations de **dialogues**, au théâtre, dans le roman ou en poésie : chaque interlocuteur parle en son propre nom, à la première personne. Dans le **récit de fiction** romanesque, la voix qui raconte est celle du **narrateur**, à la première ou à la troisième personne. Celui-ci peut reprendre des paroles de personnages soit directement (avec des guillemets, les temps verbaux et les pronoms personnels du discours direct) soit indirectement, avec une subordination. Le **discours indirect libre** rapporte des paroles à la troisième personne, mais sans subordination et sans que l'on puisse toujours identifier le locuteur, qui est soit un personnage soit le narrateur. Le narrateur peut aussi laisser la parole à un autre narrateur dans des récits dits « emboîtés ».

■ *Exemples* : dans l'extrait de l'*Odyssée* (p. 25) et dans *Jacques le fataliste* (p. 191), les personnes qui parlent sont indiquées, comme au théâtre. Dans « Le Pouvoir des fables » (p. 67), un premier narrateur (le fabuliste) rapporte de manière indirecte les paroles de l'orateur athénien, puis le fait parler directement.

Dans les documents n'appartenant pas à la fiction

Dans les essais, entretiens, articles de presse, traités, autobiographies réelles, celui qui parle est l'**auteur** et **signataire** du texte. Quand il reprend et expose des idées, des paroles ou des théories qui appartiennent à d'autres, il signale ces différentes **voix**. On distingue ainsi :

– **La citation** : entre **guillemets**, parfois en **italique**, elle introduit dans un texte un élément différent, repris sous sa forme exacte. Son auteur est indiqué dans le texte ou en note.

– **La référence** : sans la citer textuellement, l'auteur d'un texte évoque la pensée de quelqu'un d'autre, soit en la « traduisant » soit en y **faisant allusion**, mais sans la reprendre exactement.

– **Le récit intégré** : il arrive qu'un texte d'idées intègre une longue citation narrative, explicative ou argumentative, d'une ou plusieurs dizaines de lignes, constituant un récit qui sert de base à la réflexion de l'auteur.

■ *Exemples :* le document de M. Chosson, qui analyse la langue de bois (p. 74), comporte de nombreuses citations, soit entre guillemets soit en italique. Ces citations sont des exemples. Dans l'entretien accordé à *L'Expressmag* (p. 126), C. Honoré fait une référence à l'œuvre de M. Kundera. Dans le texte sur l'erreur pédagogique (p. 181), J.-P. Astolfi fait un emprunt important (et signalé) à un autre ouvrage dont les auteurs sont indiqués.

Les marques de la subjectivité de celui qui parle

La position de celui qui parle par rapport aux idées qu'il émet est soulignée par diverses marques de subjectivité qui expriment l'adhésion ou le refus, la critique ou l'éloge, ou encore l'ironie. Ces marques sont des adverbes, des exclamations, l'emploi de certains modes – le conditionnel exprime ainsi le doute –, des termes de connotations valorisantes ou dévalorisantes, des figures comme la litote (atténuation) ou l'hyperbole (accentuation). Ils renseignent sur la nature et sur le registre (la tonalité) des jugements de celui qui parle.

■ *Exemple :* dans le texte de R. Huyghe (p. 140), les termes « *abdiquent, se recroquevillent, passent à l'ennemi* », utilisés à propos des mots, traduisent le regret de celui qui parle de voir disparaître une manière de s'exprimer qu'il admire.

FICHE 2 : Identifier le genre d'un document textuel

Les documents qui composent les **corpus de synthèse** appartiennent à des **genres** variés, qu'il faut savoir identifier. Certains de ces genres relèvent de la **fiction**, les autres renvoient à la **réalité**.

Les différents genres, fiction et réalité

Trois grands **genres littéraires**, le roman, la poésie et le théâtre appartiennent à la **fiction**. Les textes d'idées, **essais**, **articles de presse** et **documents de référence** traitent de la **réalité**. Le roman raconte une histoire, la poésie évoque des sentiments, des émotions liés à des lieux, à des faits, à des actions, le théâtre se compose de dialogues. Ces spécificités ne les empêchent pas d'exprimer des idées, de manière indirecte, ce qui est parfois à l'origine de confusions avec les textes d'idées. Ces derniers, essais, articles et documents de référence traitent de **questions de société** ancrées dans l'histoire et dans l'actualité.

■ *Exemples :* la notion de **détour spatial** est abordée dans une épopée, l'*Odyssée*, qui est un texte de fiction (p. 25), dans un conte philosophique, *Candide* (p. 32), mais également dans un récit autobiographique de J.-J. Rousseau (p. 113), qui rapporte une expérience réelle, et dans un article de dictionnaire (p. 15).

Les indices qui facilitent l'identification

Avant même toute lecture, l'identification du **genre** d'un document écrit est facilitée par certains indices et certaines informations.

– La **forme** et la **disposition graphique**. La poésie versifiée est immédiatement reconnaissable, comme le théâtre en vers.

– Le **titre**. Certains titres renseignent sur l'appartenance à un genre : « mémoires », « journal », « roman », « tragédie », « chronique », « souvenirs », « confessions », « chanson », « préface ». Ces titres n'indiquent pas, cependant, si l'on est dans la réalité ou dans la fiction. D'autres, comme *Internet et après ?*, *Dialogue avec le visible*, *Le Tourisme se met au vert*, *Le Livre et l'éditeur*, indiquent assez clairement qu'il s'agit d'essais sociologiques, ce qui peut être confirmé par le nom de l'auteur.

– Le **paratexte**. Ce terme désigne tout ce qui accompagne un texte et qui a été ajouté pour le situer : titre de l'œuvre, titre de l'extrait, nom de l'auteur, dates diverses (rédaction, publication, traduction), indication des interlocuteurs d'un entretien, situation de l'extrait dans l'œuvre (numéro et titre de chapitre et/ou de grande partie), nom de l'éditeur, notes explicatives de bas de page et chapeau de présentation. On apprend ainsi qu'un texte relève du théâtre par la mention de l'acte et de la scène, qu'il vient d'un quotidien par le titre du journal et le jour de parution, d'un hebdomadaire ou d'un mensuel par les dates et le numéro. On apprend qu'un texte est traduit d'une langue étrangère, quand et par qui. Le chapeau précise parfois le genre. La collection dans laquelle est publié un ouvrage constitue aussi une indication.

■ *Exemples :* grâce au paratexte suivant : **Catherine Bertho-Lavenir**, *Les Cahiers de médiologie*, **n° 5, « L'échappée belle » (1998), DR** (p. 123), on sait qu'il s'agit d'un article de revue. On connaît le numéro de la revue, l'année de parution, le titre de l'article et le nom de son auteur.

Cet autre paratexte : **Xénophon**, *L'Hipparque ou le Commandant de cavalerie* **(365 av. J.-C.)**, chapitre V, traduction du grec ancien par P. Chambry (1967), *Œuvres complètes*, tome 1, © **Éditions GF-Flammarion** (p. 189), indique l'auteur, le titre, qui évoque le milieu militaire, et la date d'écriture. On apprend ensuite qu'il s'agit d'un document écrit en grec ancien ; on sait qui est le traducteur, la date de traduction et le nom de l'éditeur. Certaines de ces indications laissent penser que c'est un extrait d'essai, mais sans aucune certitude. Dans ce cas, le contenu du document peut aider à déterminer de manière sûre l'appartenance à la réalité ou à la fiction.

FICHE 3 : Les différentes formes de discours

Un énoncé peut prendre différentes **formes** qui renseignent sur la **démarche** de celui qui le produit. L'énonciateur **donne à voir** quelque chose ou quelqu'un ; il **raconte** une histoire, **explique** ou **expose** une notion, une situation, une manière de faire ; il **demande** ou **ordonne** que quelque chose soit réalisé, ou **cherche à convaincre**. On distingue ainsi les discours **descriptif**, **narratif**, **explicatif**, **injonctif** et **argumentatif**. Les identifier permet de mieux comprendre le **sens** et la **finalité** des textes.

Le discours descriptif

Il est caractérisé par la présence de **composantes visuelles** et par le lexique du **regard**. Arrêt sur image, la description donne à voir des éléments en les situant les uns par rapport aux autres. Ces éléments correspondent à **un angle de vision** et à **un point de vue** qui en déterminent le registre : élogieux, admiratif, critique. La description a une fonction documentaire, explicative ou symbolique.

■ *Exemples :* dans un extrait de *La Vie errante* (p. 43), le poète Y. Bonnefoy décrit une ville en énumérant ses rues, ses monuments, ses boutiques. De même, le personnage de « L'Immortel » (p. 38) donne à voir la complexité labyrinthique d'un lieu effrayant et difficilement identifiable.

Le discours narratif

Dans le discours narratif, un **narrateur** extérieur ou présent dans le texte raconte une histoire en exposant une succession de **faits** ou d'**actions** inscrits dans des lieux et dans le temps, avec des **personnages** qui agissent ou subissent. Le récit se déroule entre un point de départ et un point d'aboutissement, avec une **modification** de la situation initiale. Le **point de vue** (que sait celui qui raconte ?) et le **registre** (→ FICHE 4 p. 216) choisis influent sur la lecture.

■ *Exemples :* le narrateur de *La Lenteur* (p. 103) raconte, étape par étape, une scène de séduction. Valmont (p. 194) fait de même, en étant à la fois le séducteur et le narrateur.

Le discours explicatif ou informatif

Ce discours **expose**, **définit**, **explique** au présent. Il peut prendre la forme d'un article de dictionnaire, d'un mode d'emploi, d'un dépliant technique. Il est essentiellement **documentaire**. Il apporte des savoirs. Ses fonctions et ses destinataires déterminent certaines caractéristiques : le niveau de difficulté des explications, le souci du détail, la clarté du propos, l'absence d'identification de l'émetteur, l'**absence de subjectivité**.

■ *Exemple :* l'article de dictionnaire définissant le mot « détour » (p. 15) est un texte explicatif.

Le discours injonctif

Ce discours exprime une recommandation, un conseil, un ordre ou une défense (ordre négatif). Il utilise la deuxième personne, le mode impératif, mais aussi le subjonctif et l'infinitif et des formulations comme « *il faut* », « *on doit* »... Il est de ce fait facile à identifier.

Le discours argumentatif

Ce discours vise à exposer une **idée**, une opinion, une théorie pour en faire valoir le bien-fondé et la faire accepter par un interlocuteur, présent ou non. L'exposé comporte des **arguments** (causes, raisons, preuves) organisés selon différents modes de raisonnement. L'idée soutenue est la **thèse**. Les arguments sont puisés dans différents domaines (histoire, tradition, morale, philosophie...) ; ils peuvent être illustrés par des exemples.

■ *Exemple :* dans son dialogue avec Criton (p. 55), Socrate argumente pour expliquer que le citoyen qui juge bonnes les lois de la cité ne doit pas s'y opposer.

FICHE 4 : Identifier un registre

Lorsqu'un document – texte ou image – suscite le **rire** ou les **larmes**, émeut, indigne, provoque la colère, l'admiration, exprime la critique, on parle de **registre** (ou de **tonalité**). Ce terme désigne la capacité des mots ou des images d'exprimer et de susciter diverses **émotions**. Identifier les registres permet de mieux cerner les enjeux de certains documents.

Lyrisme et pathétique

On désigne par « **lyrisme** », en relation avec la lyre du poète Orphée, l'expression des **sentiments personnels heureux** – joie, bonheur, gaieté, espoir – ou **malheureux** – chagrin, mélancolie, regrets, amertume, douleur. Le registre **pathétique** est assez proche du lyrisme, à cette différence près qu'il s'applique à des situations, des actes ou des paroles qui **provoquent** la **pitié** et les **larmes** du lecteur. Lyrisme et pathétique sont caractérisés par l'emploi d'un lexique de l'**affectivité** et par une ponctuation qui exprime les mouvements de la **sensibilité**.

■ *Exemples :* Phèdre (p. 88) exprime avec force ses sentiments (amour, admiration, souffrance). Son agitation se traduit dans la ponctuation. Le poète A. de Vigny (p. 139) dit sa nostalgie des voyages « à l'ancienne ». Cyrano (p. 98) exprime sa passion et son éblouissement à travers des compliments, des exclamations, des comparaisons.

Le registre épique

On parle de **registre épique** lorsque celui qui parle grandit jusqu'à l'**excès** une situation, une action, un être. Dans le registre épique, tout devient gigantesque, innombrable, démesuré. Cette démesure est exprimée par des superlatifs, des adverbes d'intensité, des pluriels.

■ *Exemple :* dans le récit d'un de ses naufrages (p. 25), Ulysse rapporte les faits de manière hyperbolique, parlant de « *mer infernale, d'abîme* » et de flots démontés. Il insiste ainsi sur le pouvoir divin de Poséidon.

Satire et polémique

Ces deux registres, proches, ont en commun leur **violence critique**. Le premier caractérise des documents qui **dénoncent** des comportements, des faits ou des êtres en les présentant de manière déformée et ridicule ; le second définit une manière de s'exprimer **combative**. Celui qui parle **extériorise violemment** ses refus, ses indignations, ses haines. Ces deux registres utilisent des termes fortement dévalorisants, des images péjoratives, des comparaisons dépréciatives.

■ *Exemples :* on trouve le registre satirique chez La Bruyère dans le portrait d'Acis (p. 65), à qui il reproche son langage incompréhensible, preuve d'un manque d'esprit. Cette tonalité critique figure dans les propos de C. Honoré (p. 126) : il évoque de manière moqueuse les « *accros* » de la vitesse, y compris lui-même.

Ironie et cynisme

L'ironie se définit comme le fait d'exprimer le **contraire** de ce que l'on veut faire entendre. L'exclamation « *C'est du propre !* » pour désigner un acte répréhensible, constitue un exemple. L'ironie est une forme de **décalage** qui nécessite des indices pour être comprise sans contresens. Elle met en jeu des **figures d'opposition**, antithèses, antiphrases, paradoxes. Elle a pour fonction de faire réagir, en s'associant souvent au registre polémique et à la satire. Cette anthologie ne comporte guère d'exemples d'ironie, l'arme favorite de Voltaire. En revanche, on peut signaler la tonalité **cynique** des propos de Valmont (p. 194). Le personnage raconte avec réalisme et fierté, mais aussi avec détachement, comment il a su profiter, pour séduire Madame de Tourvel, de la moindre de ses faiblesses.

Certains documents ne sont caractérisés par aucun registre, ce qui n'enlève rien à leur valeur ni à leur portée. D'autres en comportent plusieurs : ainsi la déclaration de Cyrano (p. 98), très lyrique, prend une ampleur surhumaine.

FICHE 5 : Analyser un texte de fiction

Les corpus de synthèse regroupent des documents parmi lesquels figurent des textes appartenant à la **fiction** : extraits de **roman** ou de **nouvelle**, de **poésie** et de **théâtre**. Ces textes expriment des **idées** et abordent des **problématiques**, mais de manière souvent implicite et **indirecte**.

Textes de fiction et expression des idées

La première vocation du roman, de la poésie et du théâtre n'est pas d'exprimer des idées, mais de **raconter** une histoire, d'**évoquer les sentiments** inspirés par des lieux, des moments, des êtres, des situations, de mettre en scène des personnages **qui parlent**. Ces textes sont cependant représentatifs d'une réalité dont ils s'inspirent et qu'ils recréent en l'imitant. À ce titre, ils sont porteurs de **réflexions**. Ils contiennent et expriment – indirectement – des **prises de positions**, des **points de vue**, des **critiques**, des **dénonciations**. Ces différentes formes d'idées peuvent être celles des personnages, des narrateurs, des auteurs.

■ *Exemples :* un dialogue de théâtre de Molière (p. 85), Racine (p. 88) ou Marivaux (p. 91) peut aider à comprendre certains pouvoirs du langage, notamment celui de dire les choses de manière détournée. Un texte poétique évocateur du passé (p. 139) exprime la nostalgie qui accompagne une réflexion sur l'industrialisation et sur de nouvelles manières de vivre. Des ouvrages littéraires font connaître une réalité historique.

Déterminer le thème global d'un texte de fiction

Face à un texte identifié (→ FICHE 2 p. 212) comme un extrait de roman, de poésie ou de théâtre, la première démarche consiste à déterminer le **thème** en répondant à la question : « de quoi s'agit-il ? » ou « quel est le thème de cet extrait ? ». Derrière ou à travers le récit (dans un roman), l'évocation de sentiments (dans la poésie) et le dialogue (dans le théâtre) se révèle un **thème** identifiable à la présence de nombreux termes de signification(s) proche(s), qui définissent un champ lexical. C'est le lexique utilisé qui permet de définir de quoi il est question.

■ *Exemples* : dans l'extrait des *Liaisons dangereuses* (p. 194), Valmont utilise un langage guerrier pour raconter sa « campagne » de séduction. L'entrelacement des deux thèmes de la guerre et de l'amour montre qu'il conçoit cette entreprise comme une véritable stratégie utilisant des détours pour parvenir à ses fins. L'extrait des *Femmes savantes* (p. 85) montre comment l'utilisation d'un langage recherché et peu clair est génératrice de quiproquos et d'incompréhensions. Dans le texte poétique de B. Cendrars (p. 35), les juxtapositions de termes et les associations de sons et de mots sont en accord avec les hasards du voyage.

Identifier les problématiques

Une fois le **thème** identifié, il est important de trouver la nature, les enjeux et la portée des idées que le texte aborde, de manière souvent **implicite**. Les interrogations sous-jacentes, les questions suggérées, les mises en relation de différentes notions constituent ce qu'on appelle des **problématiques**. Elles sont identifiables à la présence, dans les textes, de points de vue différents, de relations de cause à effet, d'oppositions, de paradoxes, de juxtaposition de notions qui paraissent contradictoires.

■ *Exemples* : dans l'histoire de Jacques le fataliste (p. 191), ce qui ressort des aventures du héros et du récit – toujours différé – de ses amours, est une interrogation constante sur le destin, le hasard et la liberté. Si le narrateur dispose d'une liberté dans son récit, son personnage se trouve déterminé et privé de libre-arbitre. La question relève de la philosophie. Le texte « Éloge de l'erreur » (p. 170) fait comprendre, à travers l'image d'un savant ébloui par une idée fausse, que les voies détournées sont parfois fructueuses et qu'une découverte ne se fait pas toujours directement. Dans un corpus de documents, c'est souvent le rapprochement de textes de nature différente qui aide à faire surgir les problématiques.

FICHE 6 : Analyser un texte d'idées

On désigne par l'expression **textes d'idées** les documents écrits n'appartenant pas à la fiction : **essais sociologiques**, **dialogues philosophiques**, **articles de presse**, **entretiens**, **documents de référence**. Ils sont nombreux dans les corpus de synthèse. Les **idées** qu'ils contiennent sont exprimées **directement**.

Caractéristiques des textes d'idées

Les textes d'idées n'ont pas pour vocation de raconter une histoire ou de décrire des gens ou des lieux, comme le fait le roman. Même s'ils abordent des situations concrètes, leur fonction est d'**exposer** et de **mettre en relation** des **notions abstraites**, d'expliquer des faits, de proposer des **réflexions**, des **points de vue**, des **prises de position** argumentés. Ils relèvent du discours explicatif/informatif et du discours argumentatif (→ FICHE 3 p. 214), parfois du discours injonctif. Ils peuvent être polémiques et satiriques, ou encore adopter le registre épique (→ FICHE 4 p. 216).

■ *Exemples* : B. Chatwin (p. 121) **expose**, sous une forme explicative, le caractère nomade des hommes ; R. Huyghe (p. 140) **analyse** la manière dont on est passé, en quelques siècles, de la phrase longue et complexe à des signes et à des pictogrammes qui évitent les détours explicatifs ; M. Serres (p. 144) **évoque** la distorsion dangereuse entre la nécessité de voir à long terme, notamment en ce qui concerne l'avenir collectif, et le court terme qui domine les décisions politiques.

Déterminer le thème, savoir qui parle

La première lecture d'un texte d'idées doit permettre de déterminer son **thème global**, par la mise en évidence d'un **lexique dominant** permettant la **réponse** à la question : « de quoi s'agit-il ? »

■ *Exemples* : le texte de P. Léna (p. 175) aborde la question des sciences à la télévision. On trouve tout un lexique renvoyant à la science, « *savoir* », « *images de la science* », « *le scientifique* », « *objets de la science* », et un autre, évoquant la technique de l'image télévisuelle, « *émission* », « *vision* », « *téléspectateur* », « *présentateur vedette* »... Le rapprochement des deux domaines permet de conclure à la nécessité d'un « art du détour ».

Dans le prologue d'un ouvrage consacré à Darwin, S. J. Gould (p. 166) précise sa propre démarche en présentant le contenu de chaque partie de l'ouvrage. Il fait comprendre qu'il a pris, à chaque fois, des « chemins détournés ».

Il est essentiel d'identifier **à qui appartiennent** les idées énoncées (→ FICHE 1 p. 210). Celui qui parle est celui qui signe l'œuvre ou l'article, mais il peut lui arriver de reprendre des points de vue ou des paroles qui ne lui appartiennent pas. Dans le cas de documents de référence, il n'y a pas d'auteur affiché. La « voix » qui parle représente une institution, un organisme.

Déterminer la structure et la (ou les) problématique(s)

Le texte d'idées confronte des notions, des points de vue, des théories qui ne vont pas nécessairement dans le même sens. Leur identification permet de définir **la (ou les) problématique(s)**. Les orientations différentes des idées sont perceptibles à la présence de champs lexicaux qui s'opposent, de figures d'opposition comme les **antithèses**, les **paradoxes**, et d'articulations qui soulignent les divergences : *mais, cependant, à l'inverse, au contraire*... Repérer les mots de liaison aide à découvrir les grandes articulations de la pensée et le type de raisonnement adopté.

■ *Exemple :* dans le dialogue qu'il échange avec Criton (p. 55), Socrate conduit son interlocuteur à reconnaître, à travers les paroles qu'il prête aux lois et par une succession de questions, que quiconque reconnaît leur valeur et leur utilité doit respecter leurs décisions.

Les textes d'idées comportent aussi des **exemples**, qui **illustrent** les idées ou constituent leur **point de départ**. Leur importance vient de ce qu'ils aident à la compréhension des idées à partir d'éléments concrets et imagés.

FICHE 7 : Analyser une image

Les corpus de synthèse comportent des **images**, photos, reproductions de tableaux, dessins divers, qu'il faut savoir analyser, pour en faire apparaître la (ou les) signification(s) grâce à certains procédés de mise en valeur, après en avoir déterminé le **thème**.

Dégager le thème d'une image

L'image est saisie globalement par le regard : ce qui est vu – lieux, personnages, attitudes, indices historiques – permet de dire **de quoi il s'agit**. La première démarche relève donc de la description. La réponse à la question « *quel est le thème de l'image ?* » est souvent facilitée par la présence d'une légende.

■ *Exemples :* le dessin de M. C. Escher, *Relativité* (p. 20), montre un enchevêtrement d'escaliers et des dénivellations qui créent une impression de labyrinthe, avec à la fois un refus apparent de toute forme de perspective et la volonté de rendre compte des trois dimensions. La représentation du TGV sous forme d'une sorte de requin (p. 158 et p. VII) exprime un jugement très négatif à son égard, et la peur qu'il inspire, comme s'il était un dangereux animal.

Les procédés de mise en valeur

L'analyse d'une image passe par l'observation et l'identification de procédés de mise en valeur propres à l'iconographie. Parmi ces procédés figurent le **cadrage**, qui impose des limites à la représentation, la nature et la disposition des **grandes lignes**, associées à la **composition**, qui définit la place de chaque élément, selon certaines proportions (gros plan, plan moyen, plan éloigné), les différents **angles de vision** (plongée et contre-plongée, selon qu'on voit de haut en bas ou le contraire), les effets de **perspective**, le rendu des **mouvements**, les contrastes, l'utilisation de la **couleur**. L'image est aussi inséparable de références **symboliques** qui renvoient à la littérature, à l'histoire, à la religion, aux mythes, et qui ont un effet déterminant sur sa (ou ses) signification(s).

■ *Exemples* : le dessin de Plantu (p. 78), qui met face à face un patron et un ouvrier, est construit sur un ensemble d'oppositions qui font ressortir la différence de condition et de langage. Dans le tableau de Watteau (p. 107 et p. IV), l'attention du spectateur est attirée sur les deux personnages, qui se détachent, entre des buissons, sur un fond de ciel bleu. Ils sont mis en valeur par leur pose, qui permet au spectateur de voir l'un presque de face et l'autre de dos, sans être vu lui-même puisque personne ne le regarde.

La (ou les) signification(s) d'une image

Le **sens** d'une image vient à la fois des éléments qui la composent, de la manière dont ces éléments sont associés (problématique), et des **procédés** mis en jeu pour attirer l'attention du spectateur sur certains points. Les significations des images sont, selon ce qui est représenté, sociales, politiques, religieuses, philosophiques. Comme les autres **documents**, elles expriment des **idées** dans certains **registres** (→ FICHE 4, p. 216).

■ *Exemple* : le tableau qui représente *Thésée et le Minotaure* (p. 47 et p. II) montre le personnage en armure face à un monstre dans un labyrinthe tout à fait disproportionné. L'image fait comprendre que le personnage de la mythologie grecque a été « adopté » et assimilé aux héros salvateurs du Moyen Âge terrassant des dragons ou partant à la conquête du Graal. La scène représentée par Watteau (p. 107 et p. IV) est **ambiguë**. Le titre indique un risque de chute, mais il est difficile de savoir si la jeune femme repousse l'homme ou si elle s'accroche à lui pour ne pas tomber, s'il l'aide réellement ou s'il cherche à profiter de la situation. L'image publicitaire pour les voyages Allibert (p. 133 et p. VI) donne à voir un paysage et un voyageur en **accord** avec ce qui est annoncé, un état d'esprit : harmonie, plaisir d'être dans la nature, lenteur de la marche à pied, authenticité, ouverture.

Achevé d'imprimer par Maury-Imprimeur à Malesherbes - France
Dépôt légal : n° 107142 - Août 2008